言葉にできない想いは本当にあるのか

いしわたり淳治

装丁　小澤尚美
（NO DESIGN）

はじめに

音楽を聞いていると、よく「言葉にできない思い」というようなフレーズを耳にする。自分でも過去にそんな言葉を何度か書いたりもしたことがあるけれど、その表現にこの頃、ちょっとした違和感を覚えるようになってきた。

というのも、「言葉にできない思い」があるとわざわざ言っているということは、その人は日頃自分の感情をすべて言葉に出来ているということになる。しかし、どうだろう。私たちは本当にそんな大そうなことを日々やってのけているのだろうか。

自分の感情を他人に伝えるために、人類が発明した非常に便利な道具が「言葉」である。言葉という道具はあまりにも便利すぎて、ともすれば忘れてしまいそうになるけれど、私たちが言葉を使って表現しているのはいつだって「感情の近似値」にすぎない。その意味で、言葉は常に大なり小なり誤差を孕んでいるものではないかと思うのである。

例えば、恋人に「愛している」と伝える時、ただ単に「愛している」と口から発しただけで、愛情がすべて伝わるかというと、残念ながらそうではない。「愛している」の一言だけで、相手のことをどんな風に、どのくらい愛しているかを表現するのはハリウッドの名優でも難しいだろう。だから私たちは、「君の笑顔だけが僕の幸せだ」とか、「出会った時から寝ても覚めても君のことばかり考えている」とか、「世界中を敵に回しても僕は君の味方だ」などと、「愛している」の言い換えをするのである。

しかし、いくら言い換えて自分の思いと言葉とを近づけようとしても、じゃあ本当に君の笑顔以外では幸せを全く感じないかというとそんなはずはなく、眠っている間に別の誰かの夢を見ることがないかというと当然あるわけで、世界中を敵に回すほどのことをやってしまった人を本当に愛し続けられるかと言われると正直なところ難しい。つまり、これらのセリフは一見するとさも自分の感情をきれいに言語化したもののようだけれど、どれも感情を大きくオーバーランしている表現なのである。もちろん、こういった大袈裟な言葉を並べることで、思いの熱量が伝わって説得力が増すという効果はあるとは思うけれど、それが自分の感情とイコールかというと、決してそうではないのである。

そんな風に、私たちの口から出る言葉はいつだって、感情よりも過剰だったり、不足していたりする。「明日9時に集合ね」「そこのペンとって」のような事務的な連絡だけならば正確に言語化できていると言えるのかもしれないけれど、とかく「感情」という目に見えないものを言語化しようとすると、「言葉」という道具は意外と不便な部分が多く、それこそ「言葉にできない感情」だらけではないかと思う。

作詞家という仕事を生業にして23年。日々そのようなことを考えるようになって、誰かが言葉の新しい使い方をしている瞬間に出会うと、うれしく感じるようになった。

本書は朝日新聞デジタル『&M』で連載中の『いしわたり淳治のWORD HUNT』を抜粋・加筆して書籍化したものである。音楽、テレビ番組、書籍、映画、CM、広告など、ほとんどの人は気にも留めないだろう誰かの何気ない一言から、誰もが知っている流行語まで、日々暮らしている中で気になった言葉を取り上げては、それにまつわる短いエッセイを綴ることをライフワークにしてきた。

いつか私たちが「言葉」という道具を完璧に使いこなせる日は来るのだろうか。たぶん、それは難しい気がする。なぜなら、言葉は「道具」であると同時に「生き物」だからである。今こうしている間にも世界のどこかで新しい言葉は生まれ、ある言葉は進化して別の使い方や別の意味を持ち、またある言葉は絶滅の一途をたどっていく。今日はうまく言葉に出来たとしても、明日には髪の毛一本の太さの何千分の一くらいにほんの少しだけ、ニュアンスが変わっている。そんな世界で私たちは暮らしているのだ。

最後に、この連載に発言を使用させて頂いた有名人の皆様にこの場を借りて心より御礼を申し上げます。

いしわたり淳治

本書は2017年11月から2020年9月までの原稿が掲載されていますが、時系列には並んでおりません。連載掲載時期については巻末の初出一覧をご参照ください。

はじめに

CHAPTER｜01

CHAPTER | 02

CHAPTER｜03

CHAPTER | 04

CHAPTER | 05

CHAPTER | 01

君のドルチェ&ガッバーナのその香水のせいだよ

瑛人

「香水」歌詞　作詞：8S

人間には、視覚、聴覚、嗅覚（きゅうかく）、触覚、味覚の五つの知覚がある。歌詞を書く時、作者はそれらの知覚を駆使して言葉を紡いでいくことになる。例えば、主人公が海辺にいる時、「水平線を外国船が横切る」と書けばこれは視覚的な描写だし、「寄せては返す波の音」と書けば聴覚的、「潮風の匂い」と書けば嗅覚的、「足にまとわりつく砂」と書けば触覚的、「しょっぱい水」と書けば味覚的な描写である。少し考えただけでもこんな風に様々な角度から海辺を表現できるものであるが、実際、世の中にある歌詞はどうかというと、案外、視覚的な描写ばかりで書かれていることが多い。

これまで、色々なアーティストと歌詞を共作してきた私の経験上、作者の実体験を元にした歌の場合は視覚以外の描写も出てくるが、作者がフィクションで頭の中で物語を紡いでいく場合、ほとんどが視覚的な描写になっていく傾向があるように思う。

フィクションはその性質上、空想の映像を言葉にしていく作業なので、言語化しようとした時に視覚的な書き方に偏ってしまうのは、仕方がないといえば仕方がないのかもしれない。しかし、先にも述べたように、そもそも世の中には視覚的な表現で書かれた歌が多いので、視覚的な歌詞はどこかで聞いたことのあるような印象を与えやすい。

それを嫌って、作者がさらに複雑な設定の物語を空想していくと、今度はどんどんニッチな内容になっていって、共感を得にくくなってしまう、なんていうこともある。はじめから他の知覚を用いて作詞してさえいれば、ありがちな歌になることを避けられたのかもしれないのに。

一説によると人間の知覚の割合というのは、視覚83%、聴覚11%、嗅覚3・5%、触覚1・5%、味覚1%なのだという。この数字を見ても、いかに人間という生き物が視覚優位で暮らしているかがわかる。その証拠に、目隠しをした状態で料理を口に入れられると、多くの人は何を食べたのか当てられない。味覚と嗅覚と触覚のパーセンテージを全部足しても6%しかないのだから、その正解率が低いのもうなずける話だ。

前置きが長くなったけれど、昨年春にリリースされ、今年に入ってTikTokをきっかけに爆発的ヒットを記録しているシンガー・ソングライター、瑛人さんの『香水』。

Bメロの自虐的でせつない歌詞もいいが、やはりこの歌の一番のポイントは、サビの「君のドルチェ&ガッバーナの その香水のせいだよ」の部分だと思う。誰もが知っているけれどなかなか口に出すことのない「ドルチェ&ガッバーナ」という聴覚を刺激するワードと、「香水」という嗅覚を刺激するワード。別れた彼女を思い出す歌は世界中にたくさんあるけれど、視覚ではない二つのワードの組み合わせが、この曲を特別なものに変えているような気がする。

日によります

指原莉乃

平成の終わりとともにＨＫＴ48を卒業した指原莉乃さん。恋愛解禁になったことで、卒業にまつわるインタビューでも、よく「結婚願望はありますか？」と聞かれていた。それに対して彼女は「日によります」と答えていて、なんて素晴らしい返答だろうと思った。

普通、「ありますか？」という質問の答えは、「ある」か「ない」かである。百歩譲ってぼやかすとしても「まだ分かりません」みたいな感じだろう。でも、そんなぼやけた回答では面白くも何ともない。だからといって、「ある」と答えてしまったら「じゃあ、理想の結婚生活は？」みたいな面倒な話になるだろうし、「ない」と答えたら答えたで「どうしてないんですか？　過去に何かあったんですか」なんて、それはそれで込み入った話にもなっていく。

その点、「日によります」はすごい。「ある」とも「ない」とも言っていないし、話が変に長引かないし、そもそもその言葉自体がキャッチーだし、そして何より、回答としてかなり真理を突いている。

多くの独身女性の結婚願望は大なり小なり「日による」だろうし、逆に既婚女性に「結婚してよかったですか？」と聞いたとしても、多くの人の本音は「日による」なのではないだろうか。ぼやかしながらもキャッチーで真理を突いている。彼女のセンスの良さはこういうささいな一言の中にも隠れているのだなと感心した。

時間帯

サッカーの実況中継

この原稿が公開される頃には、おそらく2018FIFAワールドカップが始まっているはず。私は自他共に認める一流のにわかサッカーファンなので、今回も日本戦だけはちゃんと見ようと思っている。

私が初めてワールドカップを見たのは2002年の日韓大会だった。その時、アナウンサーや解説者が「ちょっと危険な〝時間帯〟ですね」などと、何かにつけて〝時間帯〟という言葉を使うのに衝撃を受けた。

それまで私は、〝時間帯〟なんて言葉は宅配便の再配達指定の時くらいにしか使わないと思っていた。「足が止まってくる時間帯」だの、「気をつけなければいけない時間帯」だの、「思い切って攻撃をしかける時間帯」だの。とにもかくにも時間帯、時間帯、時間帯である。「だんだん足が止まってきましたね」「気を付けなければいけないですね」「思い切った攻撃を仕掛けてほしいですね」ではない。よくわからないが、どうやらサッカーというスポーツは、あくまで時間帯で区切って語るスポーツのようなのだ。

私はにわかファンなので、にわかファンに厳しい。にわかファン仲間が〝時間帯〟という言葉を口にした時、内心ではげらげらと爆笑している。

というわけで今年も私は、にわかはにわからしく、ただただボールを目で追う、「いけ！」「よっしゃ！」などと声に出す、ゴールに入ったら喜ぶ、といったシンプルな応援に心血を注ごうと思う。

ロックンロール！

内田裕也

先日、内田裕也さんがお亡くなりになった。内田裕也さんといえば、あの「ロックンロール！」というキメぜりふである。その言葉を彼が繰り返し唱え続けた本当の意味は私たちには知るよしもないけれど、ご本人の強い思いの込められた言葉なのだということはまっすぐに伝わってきた。

とはいえ、ある時から内田さんの「ロックンロール！」を聞くたびに、頭のどこかでは「話すたびに最後に〝音楽のジャンル〟を叫んでいるなあ」と妙に冷静に聞いている自分もいた。そしてその度に、例えば北島三郎さんが何か話したあとに「演歌！」と叫んだり、和田アキ子さんが「アッコに、おまかせー！」とピースを出した後に「リズム&ブルース！」と叫んだりする姿を空想して、ひとり心の中で面白がっていた。

でも、そう考えると、実際に声に出して叫んだときに様になる〝音楽ジャンル〟なんて、やっぱり「ロックンロール」以外にないんだなと改めて思い知らされる。「ロックンロール」という言葉自体が持つ特別な〝パワー〟。それを体現した人が内田裕也さんという人だったのかなとしみじみ思う。心からご冥福をお祈り致します。

アイスティー好きなんですけど

遼河はるひ
シュミテクトのCM

知覚過敏ケア用歯磨き粉「シュミテクト」のCM。遼河はるひさんが「私、アイスティー好きなんですけど……」と話し始める。このCMを見る度に違和感を覚えるのは私だけだろうか。

というのも、「好きな飲み物はアイスティー」と声に出して言う人に、私は人生の中で出会ったことがない。もちろん、誰かとカフェに入った時や仕事での打ち合わせの時などアイスティーを頼む人と同席したことは何百回とある。でもそれは、「(コーヒーは苦手だから)じゃあ私はアイスティーで」というニュアンスだった気がする。つまり、アイスティーという飲み物を頼んだ時点で、もはや茶葉や産地や製法や淹れ方のこだわりなどは不問、何なら目の前で市販の紙パックのものをドボドボと注いで出されたって暗黙のうちに了解する飲み物だと思っていた。同様に「好きな飲み物はウーロン茶」と言う人にも会ったことがないのも、皆が当然ウーロン茶はペットボトルから注がれて出てくる、こだわりを持って飲むものではない飲み物だと思っているからではないかと思う。

きっと遼河さんのアイスティーはこだわりのハーブなどで淹れたおしゃれなものだろうと思う。でも、どうしても「アイスティー」という単語を聞いてパブリックイメージとして脳裏に浮かぶのは紙パックのあれだから、シュミテクトのCMの冒頭の言葉を耳にする度に、「えっ……!?」となってしまう。

ギガ放題

UQ WiMAX

ギガ放題。冷静に考えると、すごい単語だなと思う。数年前まで、携帯電話の「ギガが足りない」というのは、写真を撮ったけど保存できない、みたいなストレージ容量が足りない状態のことを指していた気がする。それが今ではすっかり、通信制限がかかって動画が見られない、といった通信量の不足を指す言葉に置き換わっている。〝ギガ＝通信量〟というのが常識の今、「ギガ放題」で「通信量無制限」の意味が成立してしまうということなのだろう。でも、本来なら〝何〟のギガが無制限なのかが大事なわけで、大事な方が省略されている奇妙さがある。

でも、思えば携帯電話のことを「携帯」と呼ぶのもおかしなことだった。携帯灰皿だの携帯型ゲーム機だの〝携帯ウォシュレット〟だの、この世に「携帯○○」は無数にあるのに、大事な方を省略して「携帯」と呼んでいるのだから。

そういえば。近所の八百屋で買い物をすると「まいど」と言ってお釣りを渡してくれる。おそらくこれも「毎度ありがとうございます」の省略形だろう。となると、いちばん大事な「ありがとうございます」が省略されてしまっているのだから、なんという本末転倒だろう。

日本人というのは何でも省略したがる国民だ。省略のためなら、いちばん大事な部分が失われることもいとわない国民性なのだ、と了解しました。あ、いや、りょ。違った。り。

チャプター飛ばしたいわー

サバンナ　高橋茂雄

『アメトーーーーーーーーーーク年末5時間スペシャル!!』

『アメトーーーーーーーーーーク年末5時間スペシャル!!』（テレビ朝日　2018年12月30日放送）の「運動神経悪い芸人」でのこと。恒例の野球企画で、キャッチャーの東京03豊本明長さんが、ピッチャーの笑い飯西田幸治さんのヘロヘロの投球を何度も後逸しては小走りでボールを拾いに行く姿をベンチで見ていたサバンナ高橋茂雄さんが、「チャプター飛ばしたいわー」とつぶやいた。素晴らしい表現だなと思った。

目の前で何度も繰り返されるもの、例えば大相撲中継で取り組みの前に力士が何度も見合っては離れる動作を眺めている時のあの気持ちも「チャプター飛ばしたいわー」が最適なのだなと思った。まだ名前のなかった感情に初めて正確に名前がついた感じがした。

飲みに行くと酔って何度も同じ話をする人がいる。あの時の気持ちも言葉にすると、「チャプター飛ばしたいわー」なのかもしれない。何度も聞いたからと言って「その話、さっき聞きました」と言うのは冷たいし、「へえー、そうなんですね！」なんて初めて聞いたようなリアクションをすると、話が勢いづいて長引いたりする。そんな時に「なるほどー！（横を向いて小声で）ああ、チャプター飛ばしたいわー……」なんて受け答えができたら、同席者たちのやるせない気持ちもすこし和らげてあげられるかもしれない。

ＥＴＣカードが挿入されていません

いま、アフリカや東南アジアで一番有名な日本語は「ＥＴＣカードが挿入されていません」である、という話を耳にした。

日本の中古車の人気が高いそれらの地域には、ＥＴＣ車載器が搭載されたまま輸出される車もあり、エンジンをかけた時にこの文言を発することがあるという。

すると輸入先の国では、日本はおもてなしの国だから、この言葉は車があいさつをしてくれているのだと思い込み、「ＥＴＣカードが挿入されていません」を「こんにちは」の意味の日本語と勘違いしてしまう人が出てくる。そのため、日本からの旅行客が、現地の人に突然、「ＥＴＣカードが挿入されていません」と声を掛けられることもあるらしい。

面白い話だと思った。と同時に、この場合私たちは何と返事をするのが正解なのだろうと、ふと思った。

仮に相手が「Ｈｅｌｌｏ」と英語で話しかけてきたら、こちらも「Ｈｅｌｌｏ」と返すのがあいさつの基本というものである。「Ｈｅｌｌｏ」と声を掛けられたのに「こんにちは」だの「ごきげんよろしゅう」だのとは言わない。そんなことをして、初対面でいきなりお互いの心に距離感ができてしまっては、そもそもあいさつの意味がない。相手の選んだ言語で返してあげるのがあいさつの基本というものだろう。

となると、「ＥＴＣカードが挿入されていません」は日本語なので、日本語で返すのが礼儀である。しかも、それを相手が「こんにちは」の意味で言っている以上、こちらも「ＥＴＣカードが挿入されていません」と返すのが正解ではないかと思うのだ。こちらが気を利かせて、正しく「こんにちは」なんて返しても、相手は怪訝(けげん)な顔をするに決まっている。

でも、この文言は実際口に出してみると、かなりセンテンスが長く、噛(か)みそうなフレーズである。アフリカや東南アジアに旅行する時は、この言葉を練習してから行った方がいいかもしれない。

あ〜もう！　笑ってほしい

NiziU

『Make you happy』歌詞　作詞：J.Y. Park “The Asiansoul”・Yuka Matsumoto

『マッコ会議』（日本テレビ　２０２０年９月12日放送）に出演したＪ．Ｙ．Ｐａｒｋさん（パク・ジニョン：韓国のシンガー・ソングライター、音楽プロデューサー）が、マツコさんに自身のＭＶがふざけていることを指摘された時に「僕が一番怖いのは、周りの人たちが僕に近づけないことです。僕はいつもすべての人に身近に感じてほしいです。そのためにいつも面白く、親しみやすく感じてほしいです。それは大事なことです。僕にとって」と答えていた。とても誠実で、親しみのある、あの声のトーンで。すてきだった。

NiziU（ソニーミュージックとJ．Y．Parkの合同オーディションで1万人から選出された9人によるガールズグループ）のデビュー曲『Make you happy』を聞いた時、サビの2行目の「あ〜もう！　笑ってほしい」が特にすばらしいと思った。オーディション番組の中で自分たちのすべてを視聴者に見せてきた彼女たちに対して、多くの人はすでに「親しみ」のような感情を持っていたけれど、この「あ〜もう！　笑ってほしい」はそれを象徴するような言葉だと思った。

メロディーの流れからして、「あ〜もう！」の部分は、普通なら「OK」や「Alright」のような、言葉の意味よりも音としてきれいに流れる〝英語〟を入れがちな部分だと思う。でも、そこに「あ〜もう！」という人間味と親しみにあふれた一言が入っていることで、彼女たちならではのスペシャルな仕上がりが実現している気がする。これは「すべての人に親しみを感じてほしい」という、J．Y．Parkイズムのあらわれなのかもしれない、と思った。

嫉妬されるべき人生

宇多田ヒカル

『嫉妬されるべき人生』歌詞　作詞：宇多田ヒカル

この世のラブソングはどちらかというと、幸せな歌よりも、悲しい歌の方が多い。それは、幸せな恋愛は現在進行形の一つだけなのに対して、失恋の経験は遠い過去のものも含めると多くの人が複数持っているから、という数的な理由もあるのだろうけれど、それに加えて「私はこんなに悲しいです」の表現は自虐に近いので比較的歌にしやすいのに対して、「私はこんなに幸せです」はのろけに近いので謙遜を美徳とする日本人は基本的に表現するのが苦手、という理由もあると思う。その意味で、宇多田ヒカルさんの『嫉妬されるべき人生』の歌詞には驚いた。

サビで〝あなたに出会えて　誰よりも幸せだったと　嫉妬されるべき人生だったと言えるよ　どんなに謙遜したとこで　嫉妬されるべき人生だったと〟と歌われる。これがすごい。もしかしたら、中には何げない歌詞のように感じる人もいるかもしれない。でも、想像してみて欲しい。「あなたがどれだけ幸せであるかを歌にしてください」と言われたとき、「幸せ」と対極にありそうな「嫉妬」という言葉を用いて幸せの度合いを表現する人がどれだけいるだろう。少なくとも私はこのような歌詞は今までに聞いたことがないし、こんな表現の仕方があったのかと目からうろこが落ちた。

そしてこの歌詞が悲しげなメロディーに乗って歌われるというのがまた奥深い。明るい言葉と暗いメロディーの対比が、〝手にした幸せが本当なのかはわからないけど今は幸せだと言い切りたい〟あるいは〝手にした幸せもいつかきっと壊れてしまうのだろうけれど……〟みたいな切なさをはらんでいる感じがして、「つまり私はいま幸せの反対の反対の反対の反対の反対の反対です」みたいな感じの、なんとも複雑な感情表現がなされていて、ものすごいなと思った。

どんなものを食べているか言ってごらん。君がどんな人間か当ててみせよう

ジャン・アンテルム・ブリア゠サヴァラン

19世紀に『美味礼讃』を著した美食家ブリア゠サヴァランの名言。私は最近この言葉を知ったのだけれど、なるほどこれは言い得て妙だなと思った。

会話に困った時に「好きな食べ物は何ですか？」なんて、おざなりな質問をする人がたまにいるけれど、そんな凡庸な質問で会話が盛り上がることは、ほぼない。でもこれは、もしかしたら好きな食べ物を聞くからいけないのかもしれない。好きな食べ物ではなく、「あなたがよく食べるものって何ですか？」と聞くことは、相手のことを知る意味では、いい質問だと思うのだ。

その答えが、「週7でタピってます～」と言われたら、この人は流行り(はや)に躊躇(ちゅうちょ)なく乗っかれるタイプなんだなあと思うし、「セブンイレブンの『しっとりバタースコッチ』です」と言われたら、ああ、食事を菓子パンだけで済ませられるタイプなんだなと思うし、「サラダチキンとプロテインです」と言われれば、家ではタンクトップなのかしら

と思うし、「ストロング系の缶チューハイっすねー」と言われたら、こりゃあ相当ストレスがたまっているなと思うし、「オーガニック野菜を取り寄せて毎日必ず自炊しています」と言われたら、これはこれで大変そうなタイプだなと思う。

好きな食べ物というのは、どこか「鏡に映った自分の顔」みたいな感じがする。鏡の前では人は誰しも、大なり小なり気取っていて「ちょっと意識した表情」をしているものだ。周りの人がいつも見ている、本当の意味の「普段の自分の顔」は鏡では見ることが出来ないのである。

意識して食べている好きな食べ物よりも、なんとなくいつも食べてしまう食べ物のほうに、その人の個性が顕著にあらわれている気がする。ちなみに、私が好きな食べ物は「焼き肉」だけれど、普段よく食べているのは「雪印のさけるチーズ、プレーン味」である。ほら、やっぱりこっちの方がなんだか話が広がりそうな気がしません？

アゴが外れるほど怖い

映画『ブライトバーン／恐怖の拡散者』CM

新作映画のCMといえば「全米が泣いた！」とか、「今年度アカデミー賞最有力候補！」とか、試写会に来た人の感想を編集してつなぐようなものが多かったけれど、さすがにそればかりではもうインパクトがないご時世である。

新作ホラー映画『ブライトバーン／恐怖の拡散者』は、CMの最後で、唐突に「アゴが外れるほど怖い」というナレーションが入る。なんともクセの強い表現で、この文言を初めて聞いた時は爆笑してしまった。ガチで怖い映画なのか、オモシロ系のホラーなのかわからなくさせる感じはあるけれど、言葉のインパクトとしては最高だなと思う。ただ、誇大広告に厳しい昨今、「見たけどアゴが外れませんでしたよ？」なんてクレームを言う人が出てこないだろうかと少し心配になる。

それとは対照的だなと思うのが、アン・ハサウェイが出演している「ラックス スーパーリッチシャイン」のCMで、彼女が廊下の先で扉を開けて光の中に飛び出していく瞬間、画面の隅に「＊CM上の演出です」という文字が出るのだけれど、この「演出」

がいったい何のことを指しているのかがまったくわからない。

扉の先に床がないのに飛び込むのは危険なのでまねしないでくださいという意味なのか、人間が空を飛ぶこと自体が演出ですという意味なのか、はたまたシャンプーだけではこういう髪質にはなりませんという意味なのか、その文言が何を指しているのか、まるで見当がつかないのである。

ラックスはこのシャンプーに限らず、どの商品のCMもそんな調子で、一瞬では到底読みきれない量の注意書きが画面の隅に秒刻みで出ては消えていくのである。

こうして百歩先まで読んでクレームに備えるCMもあれば、唐突に「アゴが外れるほど怖い」と言い切るCMもある。面白い時代だなあと思う。

今日何してなごむ？

『egg』編集長　赤荻瞳

『激レアさんを連れてきた。』

『激レアさんを連れてきた。』（テレビ朝日　2020年6月13日放送）に「惜しまれながら休刊した伝説の雑誌『egg』を復活させた奇跡のギャル」として出演していた赤荻瞳さん。高校時代に入ったギャルサークルの活動内容について話す中で、ギャルイベントの企画会議「ミーツ」の他に、「なごみ」という活動について話していた。彼女いわく「なごみ」というのは、ギャル友達と、カラオケや〝プリクラ〟やパラパラをしたりして、ギャル友達とただ遊ぶことなのだそう。当時の彼女は365日なごんでいて、「今日何してなごむ？」みたいな感じだったそう。

この「なごむ」という表現がとてもいいなと思った。大人になると「遊ぶ」という言葉に少し抵抗が出てくる。例えば、誰かに「海に行って遊ぼうよ」と言われて出かけても、無邪気にビーチボールを追いかけるでもなく、誰かを砂に埋めてみるでもなく、なんとなく潮風に吹かれて無為に時間だけが過ぎて、気がつけば海の家でビールを飲んでいるだけだったりする。これは「遊び」なのだろうかと思いながら。

そんな感じで、誰かを「今度、遊ぼうよ」なんて誘うのは、自分がもはや「遊び」とは何かがよく分からなくなってきている手前、少々気が引ける。その代わりに口から出るのは、「飲みに行こう」だの「ご飯行こう」だのといった言葉になるのだけれど、それだって、厳密に言えば、酒が飲みたいわけでも、ご飯が食べたいわけでもない。何がしたいかというと、つまりは「なごみ」たいだけなのである。どこで何をしてなごむか。大人の遊びとはすなわちそういうものなのではないかしら、とふと思った。

だいじょうぶだぁ

志村けん

子供の頃、『8時だョ!全員集合』も、『加トちゃんケンちゃんごきげんテレビ』も、『ドリフ大爆笑』も、『志村けんのバカ殿様』も、『志村けんのだいじょうぶだぁ』もよく見ていた。あの頃は、それが「コント」というものだとも知らずに、なんか笑える番組という感覚で見ていた。

　番組の中で志村けんさんは馬鹿なことばかりしていつも怒られているおじさんだったので、あの頃の僕らには志村さんにどこか仲間意識みたいなものがあった。だから、呼び捨てで「しむら」だった。公開収録だった『8時だョ！全員集合』での、客席からの「しむら、うしろ～！」の声は、日本中の子供たちのリアルな叫びだった。

　志村さんが生み出したギャグの中で私が一番好きなのは「だいじょうぶだぁ」だ。それも、コント中に奇妙な三叉（さんさ）の太鼓をたたきながら唱える「だ～いじょ～ぶだぁ～」の方ではなく、人間ルーレットのコーナーの時にBGMで繰り返し流れる「だいじょうぶだぁ」の方が好きだった。ルーレットの回転が遅くなるにつれて「だいじょうぶだぁ」の声も遅くなって、間延びする感じも好きだった。

　あの「だいじょうぶだぁ」の言い方の力の抜ける感じには魔法が宿っている気がする。例えば風邪で熱が出た時などに、人から「大丈夫？」と聞かれたとする。そこで「うん、大丈夫……」と答えるより、あの言い方で「だいじょうぶだぁ～」と答える方が、何十倍も大丈夫な感じがする。相手に必要以上に心配をかけさせない不思議な魔法がこの言葉には宿っている気がする。

志村さんの「だいじょうぶだぁ」がもう一回聞きたかった。心からご冥福をお祈り致します。

どれが卵の味かわからない。

BURNOUT SYNDROMES　石川大裕

先日、デビューの頃からプロデュースをしているBURNOUT SYNDROMESというバンドとレコーディングをしていた。ベースの石川は幼い頃から卵のアレルギーがあって、スタジオで頼む弁当選びにいつも慎重になっていたのだけれど、最近になって改めて病院で検査したところ、突然、卵のアレルギーが治っていたのだという。

皆がおいしそうに食べていた卵を、ついに自分も食べられるのだと意気込んで、彼が最初に選んだ卵料理は親子丼だった。さぞかし食べたら世界がひっくり返るくらいの感動があるのかと思いきや、その感想はいたって冷めたもので、「どれが卵の味かわからない」だったという。「出汁とかしょうゆとかの味でおいしいのはわかるけど、で、どれが卵の味？」と。

すごい。もし仮に自分が小説を書いていて、卵アレルギーが治った人物を登場させたとしても、このセリフは思いつかない。事実は小説より奇なりとはよく言ったもので、素晴らしいリアルが詰まったコメントである。

彼はその後、生卵に挑戦するため、すき焼きを食べたらしいのだが、その感想もまた冷めたもので、「味が薄くなった」としか感じなかったそう。いやはや。斜め上をいくコメントである。

彼はその後、「色々な卵料理を食べた結果、自分にとって卵は、〝食べられないもの〟から〝苦手な食べ物〟に昇格しただけでした」と報告してくれた。切ない話ではあるが、大人になってから、これほどまでにピュアな初体験を経験できた彼が少しうらやましいと思った。

兵、走る

『兵、走る』歌詞　作詞：KOSHI INABA

B'z

２０１９年のラグビーワールドカップ日本大会で、生まれて初めてラグビーの試合を見たという人は多いのではないかと思う。私もその一人で、体をぶつけ続ける選手たちの姿を見てかなり衝撃を受けた。こんなにも体力を使う球技があったなんて。応援しながら呼吸するのも忘れて拳と眉間(みけん)に自然と力が入る。

「リポビタンＤラグビー日本代表応援ソング」のB'z『兵、走る』。テレビで試合を見ているとＣＭがよく流れていたりするし、スポーツニュースでラグビーを取り上げているときにも後ろでかかっていたりする。この曲は日本代表が勝利するたびにランキングを上げていて、なるほど、これはこれで２０１９年ならではのヒット曲の形だなあという感じがした。

それにしても、このタイトル。恥を忍んで言うと、「へい、はしる」だと思っていた。

そう読んで何度か人と話した気がするし、それを誰も訂正してくれなかったことを考えると、相手も「へい、はしる」だと思っていたのではないかなと思う。

一般的にタイトルを考える時は、①楽曲やアーティスト性に合っているか、②インパクトがあるか、③覚えやすさはどうか、④誰もが正しく読めるか、みたいなところを気にするものである。

「兵、走る」に関しては、④以外の要素は十分という感じがする。でも、④の要素が欠けているおかげで、ちゃんと読めたあとは逆に皆の脳裏に強烈にその言葉が焼きつくということもあるから、タイトルというのは奥が深い。少なくとも私はこのタイトルを死ぬまで忘れないような気がする。

みたいなことを考えながら、死ぬまで忘れないタイトルって、今まで何かあったかなと思って、真っ先に思いついたのが『愛のままにわがままに　僕は君だけを傷つけない』だった。あらためて、B'zってすごい。

気だるい味

バイきんぐ　小峠英二

『逆襲のビリーちゃん〜最下位に学ぶ人生の歩き方〜』

『逆襲のビリーちゃん〜最下位に学ぶ人生の歩き方〜』（テレビ東京　2019年2月25日放送）でのこと。「明星　一平ちゃん夜店の焼そば」シリーズの人気のなかった異色の味を特集していた。

クリスマス時期に出したショートケーキ味が「マズい！」と話題になって逆にヒットしたことに味をしめて、甘いシリーズはいけると踏んで満を持して発売した「みたらし団子味」が大コケしたらしい。スタジオで試食した小峠さんは、「んー……。食べもの食べたときの表現に合ってるかどうか分かんないんですけど……気だるい味っすよね」と言った。

グルメ番組が乱立する昨今、料理を食べたときのコメントは飽和している。そんな中、この「気だるい味」という感想はものすごく新しいなあと思った。甘いだのしょっぱいだの味のことをまったく言わず、食感だののどごしだのといったことすらも言わず、ただ「気だるい」という感覚が心に浮かんで、それを瞬時に口に出せるセンス。

ソムリエは「自分で感じた感覚をどんなお客様、どんな国のソムリエであろうと理解し合える情報に言語化し、他の人がそれを実際に飲まなくてもどのような味わいであるか想像できるように伝える」のが仕事だと聞いたことがある。さすがに「気だるい味」の一言では外国人にまでは伝わらないとは思うけれど、みたらし団子の味を知っている日本人には、それなりに伝わる表現という感じがする。

番組ではもう一つ「一平ちゃん」の人気のなかった味として「瀬戸内レモン味」を紹介していたけれど、これを試食した小峠さんは「注意しないと味がしないですね。味が遠いんですよね」と言っていた。味が遠い。素晴らしい瞬発力と語彙(ごい)力。今いちばん食レポを見たい人である。

出勤してえらい！

コウペンちゃん
西武鉄道　車内広告

西武鉄道が車内広告でコウペンちゃんとコラボしていて、「出勤してえらい！」「電車にのってえらい！」と、毎日頑張って出勤している社会人たちを応援してくれているのだそう。

コウペンちゃんは私も以前からすごく気になっていた。何でも肯定してくれるコウテイペンギンのキャラクターで、日々Twitterなどで「起きられたの？　すご〜い！」「ごはんたべたの？　えらい!!」といった具合に私たちの当たり前の行動を褒めてくれる。時には「だらだらしたの？　えらい！」なんて哲学的なことまで言い出すからすごい。

でもこれがもし普通の人間だったらどうだろう。例えば、45歳くらいの一般的なルックスの上司の男性に無表情で朝っぱらから「出勤してえらいね」なんて言われたらどうだろう。やばい！　おれ、何かやらかした!?　と一瞬で背筋が凍るに違いない。

多分、当たり前のことを褒められるケースというのは、大人であれば相手に軽んじられている時くらいなのではないだろうか。それなのにコウペンちゃんは、これらを純粋な「褒め言葉」として伝えることに成功していて、まだ誰もやっていなかったこのキャラ設定を見つけたことが、ビジネスとしてすごい発明だな、と思っていたのである。

でも冷静に考えたら、私たちの当たり前の行動をこんなにも褒めてくれるということは、コウペンちゃん自身はそれらがうまく出来ないということだろう。まともに出勤しないし、うまく電車にのれないし、起きなくちゃいけない時間に起きられないし、ご飯もちゃんと食べられないし、そのくせ一人でだらだらすることだってままならない。そんな奴に褒められてもなあ……。なんて考えてしまうひねくれた自分もいるのだけれど、きっとこんな性格さえもコウペンちゃんは褒めてくれるに違いないから、すご〜い！

これからはじめてユーミンを聴ける幸せな人たちへ。

松任谷由実の楽曲配信ＣＭ

人から「最近おすすめの映画ありますか」と聞かれることがある。普段から映画は見る方だけれど、急に聞かれるとなかなか思いつかないもので、結局いつも同じような昔の映画を答えてしまう。映画の好みというのは本当に人それぞれで、趣味が合わなければいくらすすめられても退屈に感じるし、期待しすぎるとつまらなく感じたりもするから難しい。

先日、妻と話していて、『フラガール』をまだ見たことがないと言われた。当然妻の性格はよく知っているので「えっ！　絶対好きだし、見た方がいいよ」と言ったあと、「いいなあ、これからはじめてフラガールを見られるなんて……うらやましい」と何げなく口からこぼれた。

それからしばらくしてテレビから松任谷由実さんのこのCMが流れてきた。「これからはじめてユーミンを聴ける幸せな人たちへ。」――わかる、わかる、その感じ。

若い頃は「知らない」というのが恥ずかしいことのように思えて、手当たり次第に音楽や映画をあさっていたけれど、今は、知らないことはむしろ楽しみなことだと思うようになった。

だからというわけでもないけれど、私にはこれからの楽しみのために、まだあえて聴かないようにしているアーティストというのがいくつかある。〝感動〟の時限爆弾のような感じ、と思っている。遠足は当日よりも前の日の方が楽しい、みたいな感覚で、どこかで流れてきてもなるべく耳に入れないようにして、聴きたいけど聴かないようにわくわくしたままで寝かしている。

今日から俺は!!

西森博之

2018年のドラマが好評だった伝説のツッパリ漫画『今日から俺は!!』の劇場版のCMや番宣などをこのところよく目にする。私は、この『今日から俺は!!』というタイトルを見るにつけ、なんと素晴らしいタイトルだろうと心の中でいつも思っている。

本来なら一番肝心な部分であるはずの、「今日から俺は」の後が、空白になっているというのが、ものすごい発明というか、すばらしい表現だなと思うのだ。

ここには〝何を〟〝どうする〟のかは一文字も書かれていないのに、「!!」の記号だけで、昨日までの俺と決別したい、生まれ変わるんだという切実な願いのような、ポジティブで熱い衝動をバリバリに感じる。根拠のない自信やでっかい夢や希望や憧れだけを胸に詰め込んで生きていた青春そのものという感じがする。

青春時代に青臭いギターロックバンドでデビューした私も、気がつけばもう42歳。青春の思い出は日ごと薄れていき、気を抜けば老後の話を始めてしまうような年頃である。ある日、『今日から俺は‼』のＣＭを見ながら、ふとその後ろに自分なりに言葉を付け足してみようと思いついた。咄嗟(とっさ)に出た言葉は、「今日から俺は……酒を減らす！」だった。なんて辛気くさい決意だろう。こんなにも健康を気にしてるんだなあ、と自分でも笑ってしまった。

それ以来、会った人に「〝今日から俺は〟の後ろに、自分なりに言葉を続けてみて」とたずねる遊びを始めてみた。急に聞くと、その人の深層心理が見え隠れするというか、妙にピュアなことを口に出すから面白い。「今日から俺は、貯金する！」だの、「今日から俺は、スクワット１００回！」だの、「今日から俺は、やさしくなる！」だの。

ふと、まだ青春も経験していない5歳の息子にもたずねてみると、返ってきた答えは「きょうからおれは、そのままでいる！」だった。すばらしい自己肯定感。これが本物のポジティブというものなのだな、と感心した。

新幹線投げればいいじゃん

ティモンディ　高岸宏行

『ライオンのグータッチ』

『ライオンのグータッチ』（フジテレビ　２０２０年8月1日放送）でのこと。高校野球の名門、済美高校出身のお笑い芸人ティモンディが、悩める少年野球チームに指導をしている様子が素晴らしかった。

かつてプロ野球の球団からスカウトを受けたこともある高岸さんは、今でもトレーニングを続けていて１５０㎞／ｈの速球を投げることができるそうだ。球速が遅いのが悩みだという少年に、彼は「自分が思う速いものって何？」と聞き、少年が「新幹線」と答えると、「じゃあ、新幹線投げればいいじゃん！」と指導する。普通なら笑ってしまいそうであるが、私はこのアドバイスを、なんと素晴らしい！　と感動した。

私も学生時代に野球部でピッチャーをしていた。ある程度は投げられるようになって、そこからさらに球速を上げたいと思った時、私にとって一番役に立ったのは、野球漫画を読むことだった。漫画に出てくる速球派のピッチャーは、いかにも速い球を投げそうな躍動感のあるフォームをしているものである。私はそんな彼らの投球フォームを凝視し、時には模写し、ひたすら脳に焼き付け、ボールを投げる時は、そのイメージで体を動かしていた。実際、それだけでボールは少しずつ速くなっていった。

イメージは大事である。自分の手から３００㎞／ｈの新幹線を飛び出させるには、当然今までとは違う体の使い方をしなくてはならない。その空想が、勝手に体の使い方を良い方へ変えていく。それを理屈っぽく、腕の使い方がどうだとか、ひじはもっと高くだとか、足の踏み出し方、体重移動はこうだ、などとひとつひとつ教えては、かえってフォームはぎこちなくなっていくものである。

私たち大人はすぐに論理的に考えがちである。もしも仕事でも何かうまくいかないことが起きた時、理屈はいったん置いておいて、まず心にいいイメージを描く。これは案外、ものすごく大事なことではないかと思う。

肉肉しい

「2019年ユーキャン新語・流行語大賞」ノミネート語

最終的にトップ10には入らなかったけれど、2019年ユーキャン新語・流行語大賞に「肉肉しい」という言葉がノミネートされていて、以前から当たり前に耳にしていた気がするこの言葉が2019年の流行語であるということに驚いた。あらためて意味を調べてみると「塊肉などを食べた時の肉らしい肉の食感」みたいなことなのだそう。まあ、分かるような、分からないような。肉を食べておいて「肉らしい」とは、なんとも不思議な感想であるが。

数年前に「空気が読めない」という意味の「KY」が流行った。その頃プロデュースしていた若いバンドのメンバーたちが、やたらとKYを使っていたのを覚えている。待ち合わせに遅刻してきたメンバーに「お前、マジでKYだな」と言い、その後に打ち合わせで入った喫茶店でなかなかオーダーを決められないメンバーに「お前、マジでKYだな」と言い、自分の話をされている途中でトイレに行こうとして立ち上がったメンバーに「お前、マジでＫＹだな」と言う。
たしかにそれで会話としては成り立っているのかもしれない。でも、表現者としては、どうなのだろう。これらを正確に言うならば、「お前、時間にルーズだな」だし、「お前、優柔不断だな」だし、「お前、トイレ近いな」である。いくら便利な言葉があるからといって、それに甘えていては、表現力は落ちていく一方ではないかと心配になった。そういえば、先日取材を受けた雑誌の編集者も日頃から「やばい」という言葉を極力使わないようにしていると話していた。たしかに、「やばい」もオールマイティーすぎる、危険な言葉のひとつだと思う。

これまでも私たちは塊で肉を食べることはあった。その度に、何か感想を口にして来たはずである。「ん〜、しあわせ〜」「嚙（か）めば嚙むほど中からうまみが……」「ライオンになった気分」「３１５０（最高）！」とか何とか。そんな個性的な言葉たちが消え、２０１９年からは「肉肉しい」で片付けられてしまうなんて、やはりどこか寂しい感じが否めない。そのうち、米を食べて「こめこめしい」、パンを食べて「ぱんぱんしい」、なんて言う世の中になるのだろうか。

天使が通る

フランスのことわざ

会話が途切れて、一瞬、場がシーンとなったとき、フランスではそう表現するのだという。なんておしゃれな言い回しだろう。さすがはフランスである。なるほど。しゃべった話がイマイチ盛り上がらなかった時、「いま、天使が通ったね」なんて言えば、場が和むかもしれない、と一瞬思ったけれど、いやちょっと待て。お前スベったくせに何をカッコつけてんの、と二度目の静寂が訪れて、ただただ傷口に塩を塗るだけになるに違いない。

というわけで、私は絶対に使わないけれど、おしゃべり好きなのに話がつまらないドM気質の方がもしもいたら、この言葉を使ってみてはいかがでしょう。

COLUMN

01

言葉と自分らしさ

よく「自分を持っている人」というような表現を耳にする。周りに流されないとか、揺るがない信念を持っている、というような意味で使われているようだ。おそらく、この場合の「自分」とは「自分らしさ」のことで、それを心にしっかりと所有している、という意味なのだろうと思う。

しかし、「自分を持っている」と言われると、私はどうも「手に持っている」ようなイメージをしてしまう。誰も見たことのない、自分でもよく分からない、謎の「自分らしさ」という塊は、きっと重たくて厄介な荷物だろう。それを手に持っている。手に持つならカチカチに硬ければまだマシだが、ほとんどの自分らしさはまだフニャフニャで、ともすればぐちゃぐちゃでドロドロしていて、決まった形を保つのが難しく、素手ではとてもじゃないが持ちにくい。そんなものではないだろうか。だからこそ「自分を持てない人」が多くいるのではないかと思うのだ。

だからと言って、カチカチに固まった自分らしさというのもあまり魅力を感じない。いくら持ちやすくても、それだと逆に大きな衝撃で壊れやすいような気がするし、時代の大きな変化に耐えられない、頭が堅そうなイメージがする。ぐちゃぐちゃでドロドロのほうが、人間味があって面白いと私は思うのだけれど、やはりそれでは前述のように持ちにくくて仕方がない。なので、賢い人は手提げカバンに入れる感じで持っているように思う。いや、あくまで私の空想、イメージの話であるが。

でも、いくらカバンに入れようが、「手に持っている」ことに変わりはない。カバンで片手が塞がっているから、何かにつまずいて転んだら手をつくのが遅れて怪我をしそうだし、何か「手に入れたいもの」や「持って帰りたいもの」を見つけた時、片手で持てるような小さなものしか持てなくて不便だ。

ときどき、何かを手に入れようとして、「自分を失くしてしまう」みたいな人がいる。その人はきっと、手に持っていた自分らしさを地面に置いて、代わりに何かを両手で持って帰ったのだと思う。自分らしさは、後で取りに戻ればいいと思ったのかもしれない。しかし、戻ってみるとそこには、無残にも皆から踏みつけられて変わり果てた自分らしさが転がっていて、もう元には戻らない……。

だから私は「自分を持っている人」ではなく、「自分を背負っている人」というのが格好いいのではないかと思う。手提げカバンではなく、リュックに入れているイメージである。そうすれば両手が空いていて、いざという時は大きなものも持てるし、そもそも「自分を背負う」という語感に、自身の運命を受け止めたような、覚悟みたいなものを感じる。

きっと、どんなカバンに入れようが、ぐちゃぐちゃでドロドロの「自分らしさ」は縫い目や生地を染み出してこぼれ落ち、少しずつ減っていく。だから、いつも自分で新しい「自分らしさ」を注ぎ足していかなければならない。

染み出した「自分らしさ」は、その人が歩いた後に点々と染みを作るだろう。その染みをたどって、誰かが追いかけてくるかもしれない。夢や目標に向かって自分自身が切り開いた道を旅していたつもりが、いつか染みをたどって後をつけてきた誰かに追い越される日が来るかも知れない。その時は、空いている手で戦わなければならない。相手が片手なら、きっと勝てるはずだ。大勢で来るなら、こちらも仲間を集めなければならない。空いている手を結び、戦うのだ。

と、まあ、これはすべて例え話で、ただのイメージの話である。でも、あながちおかしな例えでもないような気がする。「自分を持って生きる」よりも「自分を背負って生きる」ほうが、激動の世の中をたくましく生き抜けそうな気がするのである。

CHAPTER | 02

かわE 越して かわF やんけ！

ヤバイTシャツ屋さん

『かわE』歌詞　作詞：こやまたくや

「ちょっと待ってちょっと待ってお兄さん」「そんなの関係ねぇ！」「なんでだろう」「あったかいんだからぁ～」など、芸人による流行語はすこし考えただけでもいくらも思いつく。でも、かつて「ちょっと待って」というフレーズは山口百恵さんの『プレイバックｐａｒｔ２』のほうが印象が強かったはずである。

いつの頃からか、世の中からいわゆる〝流行歌〟というものが激減して、それに比例するように音楽の歌詞から流行語が生まれなくなってしまった。日常生活で使い勝手のいい印象的なフレーズを生み出すのは決まって芸人たちで、本職であるはずのミュージシャンが作り出す音楽のほとんどはシリアスな言葉ばかりが並ぶようになってしまった。

シリアスが全盛だった日本の音楽界において、いわゆるおふざけ的な要素の強い音楽は長い間イロモノ扱いだった。たとえ誰かに「知ってる？　あのバンドの曲、超面白いんだよ」と勧められても、じゃあそのおふざけのような音楽にわざわざお金を出して買ったり、レンタルしたりするかというと、なかなかそういうわけにはいかず、いまいち広まりづらかった。

しかし、無料動画サイトや定額制音楽配信サービスで音楽を聞くのが主流になったことで、今はイロモノの音楽であっても、ノーリスクで簡単に試し聞き出来るようになった。イロモノ扱いされるような音楽というのは、お笑い芸人の歌ネタのような歌も多いから、これはつまり、人々の音楽の聞き方が変わったことで、音楽から流行語が生まれる可能性が高まった、と言えるのではないかと思う。

ヤバいTシャツ屋さんの新曲『かわE』。昭和のダジャレのような「かわE　越してかわFやんけ！」「恥ずかC　越えて　恥ずかDやんけ！」という表現は、現代の日常生活でも使い勝手がすこぶる良くて、これが広く浸透したら流行語の可能性もあるのではないかしらと、一聴して思った。この曲に限らず彼らの曲は日常生活で使い勝手のいいフレーズが満載だ。今一番流行語に近いバンド、ヤバT。このままいつまでもすてきにふざけ続けて欲しいなと思う。

「×」はやべえ

株式会社LEOX代表　服部玲央
『激レアさんを連れてきた。』

『激レアさんを連れてきた。』（テレビ朝日　2018年9月10日放送）の「小学校に6日しか通わなかったので、ウソみたいに何にも知らなかったけど、スーパーマーケットのバイトだけで文字や常識を学び、超やり手の社長にまで上り詰めた人」の回でのこと。
〝石を投げればヤンキーに当たるほどのヤンキー密集地帯〟で育ったハットリさん（株式会社LEOX代表・服部玲央さん）は、15歳まで自分の名前もひらがなでしか書けず、漢字もカタカナもまったく読めない、計算は指10本でできる範囲の足し算引き算しか出来ない、という状態でスーパーで働き始め、そこでの仕事の中で、漢字（商品ポップを書く）、計算（在庫管理）、理科（水は冷やすと氷になるのか！）などを学んだのだそう。

そんなハットリさんだから、初めて計算機に出会った時、もちろん感動したのだそうだが、怖くて「×」が押せなかったらしい。掛け算の存在を知らなかったため、これは押してはいけない、〝「×」はやべえ〟と思っていたのだという。

何だろう、そのピュアな視点は。こういうセリフを聞くにつけ、やっぱりノンフィクションにはかなわないなぁ、とつくづく思う。私もときどき小説を書かせてもらうけれど、登場人物のセリフはすべて想像して書くわけで、仮に学校に行っていない登場人物が出てきたとしても、〝「×」はやべえ〟なんてセリフは思いつかないと思う。いやはや。事実は小説より奇なりとはよく言ったものである。

彼は、他にもスーパーで初めて目にしたシャープペンシルのことを「削らないでいい無限の鉛筆」、ボールペンのことを「消しゴムに勝つペン」など、かなり独特な名前で呼んでいた。しびれるなあ。そのセンス。すてきだ。

老いるショック

みうらじゅん

還暦を迎えたみうらさん。自分が年老いていくことをこう呼べば、気分が少し軽くなると思うんですよ、とインタビューで話していた。老いるショック。さすがのネーミングセンスである。

還暦というのは干支が60回巡って赤ちゃんに戻るという意味なのだそうで、一説には、赤いちゃんちゃんこを着るのも〝赤ちゃん〟と語呂が似ているからなのだそう。でも、急に赤ちゃんに戻ると言われても、はい、そうですか、とはならない。赤ちゃんと老人は全然違う。

では、赤ちゃんにあって老人にないものは何かというと、その最たるものは「かわいさ」である、とみうらさんは言う。そう考えたとき、せっかく家人に出してもらった料理を塩辛いだの脂っこいだのと文句を言ってはいけない。ごはんを見たら、「わあ、ごはんだ」とそのまま言うべきで、その証拠に赤ちゃんは自動車を見たら「ブーブー」、うんちが出たら「うんち出た」と、そのまま言うじゃないか。だから赤ちゃんはかわいいのだ。還暦を迎えたら、何でもそのまま言って、周囲から「かわいい人だな」と思ってもらうことで、お世話したいなと思ってもらわなくてはならない、と話していた。

素晴らしい理論だと思った。そして、この「何でもそのまま言う」は実際やってみるとかなり楽しい。時計を見て「あ、もう5時か」ではいけない。深い意味もないくせに何かやり残したことがありそうなネガティブな雰囲気が醸し出されてしまう。これを正しく言うなら「5時だ」である。どうだろう。これだけでも少し前向きな感じが出ている気がする。

そんな調子で、パーティーが始まったなら「パーティーの始まりだぁー」と言い、ピザが出てきたら、「わあ、ピザだぁー」と言う。こんな当然のコメントは、おそらくその場の誰も気に留めないだろう。でも、この「そのまま言う」だけのコメントの積み重ねがサブリミナル効果のように周囲に明るくポジティブな空気を作っていくのである。

思えば、テレビの情報番組に出ているタレントの皆さんも、画面隅のワイプの中で「見たそのまま言っている人」が、視聴者に溌剌(はつらつ)とした印象を与えているような気がする。

燃やすしかないゴミ

ソニーミュージック社内にあるゴミ箱

内輪の話で申し訳ないけれど、違和感を覚えるものを一つ。

私の事務所が入っている東京都千代田区にあるソニーミュージックのビル。そのゴミ箱の分別がやたらと細かい。「ビン」「カン」「ペットボトル」「プラスチック・ビニール類」「紙ゴミ」……とたくさんの箱が並び、最後の箱には「燃やすしかないゴミ」と書かれてある。何だろう、その諦めにも似た言い方は。そんな迷惑なゴミを出してしまったことを責められている気持ちにすらなる。

でも、もしかしたら心の中にも、どうにもならない「燃やすしかないゴミ」みたいなものはあるのかもしれないな、とふと思った。心の中でいくら細かく分類してもリサイクルなんて到底できやしない、失恋、受験の失敗、仕事のミスやあれやこれや。それはある意味、自分を奮い立たせるために「燃やすしかない思い出」なのかもしれないな、と。

金足農

秋田県立金足農業高等学校

2018年の夏の甲子園の金足農業の快進撃はすごかった。吉田輝星投手の投球が素晴らしかったのはもちろんのこと、雪国である秋田県代表の公立高校がチーム一丸となって決勝へと勝ち進む姿は見る者の胸を熱くした。そして、それとは別に、スコアボードに映し出される「金」「足」「農」という三つの漢字が醸し出す、素朴さ、温かさ、懐かしさが何とも素晴らしいなと思った。

マクドナルドを世界最大のハンバーガーチェーンに成長させた実業家レイ・クロックを描いた『ファウンダー　ハンバーガー帝国のヒミツ』という映画がある。その中で、フランチャイズ化の権利を巡って創業者のマクドナルド兄弟と対立したレイが、なぜマクドナルドという店名にこだわるのかを語るシーンがある。そこで彼は「マクドナルドという店名は、いかにもアメリカらしい、感じのいい、人をひきつける響きを持っている。〝クロック〟なんて名前の店に誰が来るかって言うんだ」と言うのだ。

「金足農」は、日本人の心を文字としてもひきつけたように思う。出場校のほとんどが私立高校になり（注：第１００回全国高校野球選手権大会は出場56校中、私立48校、公立８校）、県を越えての野球留学も当たり前になった昨今、地元の選手だけで構成された金足農の活躍は、より「純度の高い青春」として日本国民の目に映ったのではないだろうか。素朴さを感じさせる校名が、その熱狂に拍車をかけたように思う。

おにごっこ

我が家の息子たちが、いよいよ仮面ライダーごっこを始める年齢になった。夜ごと怪人役をやらされ、段ボールで作ってあげた変身ベルトをつけた小さな仮面ライダーに、エンドレスでぼこぼこにやられる。

「パパ、今度は怪獣やって」と言われ、ひとしきり戦った後、「うぁあ……」とやられると、「パパ、今度は鬼やって」と言われた。怪人よりも怪獣、怪獣よりも鬼は強いという認識のようである。戦いながら、「でも鬼をやる……ということは、これはもはや、仮面ライダーごっこというよりも『おにごっこ』ではないのだろうか」と、ふと思った。

　考えてみると、お医者さんのまねをするから「お医者さんごっこ」、お買い物のまねをするから「お買い物ごっこ」なわけで、なぜ追いかけっこするのがいわゆる「おにごっこ」なのだろう。この文脈で行けば、本当の「おにごっこ」というのは鬼の生態を事細かにまねするのが正解なのではないかしら、みたいなことを内心で思いながら、仮面ライダーから必死に逃げ、ベッドの上でつかまり、ぼこぼこにやられ、死んでいく、ひとりの名もなき鬼の一生を演じ終えた。

愛にできることはまだあるかい

RADWIMPS

『愛にできることはまだあるかい』歌詞　作詞：野田洋次郎

どこを歩いていても、どこからともなくRADWIMPSの『愛にできることはまだあるかい』が聞こえてくる、そんな夏。キャッチーなワードである。野田洋次郎さんという人は本当に良い曲を作るなとあらためて思った。

作詞には「どうして空は青いの」「どうしてあなたはそばにいないの」みたいに、自分でも分かっていることをあえて疑問形にして尋ねることでインパクトを出す、という手法がある。

歌というのは不思議なもので、切なくて悲しいからといって、「切なくて悲しいわ」とストレートに書けばいいというわけではなく、「どうして空は青いの」と遠回しに書いた方が、切なさや悲しみが表現できたりする。同様に、どうして別れたかを分かっているとしても、「どうしてそばにいないの」と書く方が心にぽっかりと空いた穴の大きさが表現できたりするのである。

RADWIMPSの「愛にできることはまだあるかい」というフレーズ。歌の中の「君」に向かって尋ねている。インパクト十分だ。これがもし「今でもまだ愛しているよ」なんて表現では、なんとも凡庸な歌になっていただろうなと思う。彼はこういう風に同じ意味であっても、言葉の角度を変えて耳新しさを出す天才である。

毎年、夏が来るたびに目にする24時間テレビの「愛は地球を救う」という言葉も、いっそ今年は「愛にできることはまだあるかい」の方がいいのではないかしらと、ぼんやり思ったのは夏の暑さのせいかしら。

ハマチの刺し身

江頭2:50

『アメトーーク！ 緊急!! 江頭2:50SP』

『アメトーーク！ 緊急!! 江頭2:50SP』（テレビ朝日 2018年5月3日放送）でのこと。江頭2:50さんに普通の質問をする流れで、「好きな食べ物は？」と聞くと、「ハマチの刺し身」と答えた。なんてちょうどいい意外さだろうと思った。

記憶力というのは、普段の会話の中で案外有効で、普通の人なら忘れているような懐かしい有名人の名前、商品名やそのCMソングなどを話の流れの中ですらすらと正確に言うだけで、小さな笑いが起きたりする。これを「あ、ほら、あれ、あれなんだっけ?」と会話を中断していちいち検索していては場の空気もおかしくなるし、そうまでして思い出したとて面白くも何ともない。そんなくだらないことを覚えているという、そのくだらなさが面白いのだから。

初対面の人と、あるいは仕事上の付き合いはあるけれど初めて飲みに行くような場面で、席について「とりあえずビール」まではいいとして、そのあとメニューを前にして「何頼みます?」と、気を使い合って食べ物を選んでいるうちに会話もビールの泡も消えてしまう、ということがたまにある。もしも次にそんな場面が来たら、刺し身の欄でも見ながら「江頭2:50さんが一番好きな食べ物って、ハマチの刺し身らしいですよ」と言おうと思う。それだけで、私が何を面白いと感じる人間かの簡単な自己紹介が出来て、おそらくは小さな笑いも起きて、オーダーも決めやすくなるだろうから。

というわけで、「ハマチの刺し身は江頭2:50さんの大好物」という情報を私は記憶しておこうと思う。

でも過去は過ぎたことです！

滝沢カレン

『滝沢カレンのわかるまで教えて下さい！』

『滝沢カレンのわかるまで教えて下さい！』（テレビ東京　２０１９年1月2日放送）でのこと。伝統文化評論家・岩下尚史さんに正しいお正月の過ごし方を教わっていた滝沢カレンさんが、途中から「新しい正月の過ごし方があってもいいいんじゃないですか？」「どうして過去にこだわらなければならないんですか？」と講義を全否定し始め、最終的には「でも過去は過ぎたことです！」とぴしゃりと言い放った。笑った。こんな無茶苦茶なMCは見たことがない。普通に考えたらありえない展開だけれど、逆にこの彼女のまっすぐな発言が、見る者に「まあ、たしかに。そもそもなんで伝統って守る必要があるんだっけ？」という疑問を投げかけ、人々に考えるきっかけを与えたことは間違いないと思う。世代間のギャップがどんどん広がって、年上からの説教臭い話は敬遠される昨今、こういう笑える切り口での問題提起って、これからとても大事なことではないかしらと思った。

2時間くらいは残像が働いてくれる

ローランド

ホスト界の帝王ローランドさん。彼の名言が大好きである。彼が一般の人の悩み相談にのるという企画の番組で、「忙しくて時間が足りない」と話す女性に、「自分が輝きまくれれば、早上がりしても、あと2時間くらいは残像が働いてくれる」とアドバイスしていた。

さすがである。もちろん、日々タイムカードを押して働いている人にとっては、このアドバイスは笑い話で、あまり有効ではないのかもしれないけれど、ステージに立つ人にはおそろしくためになるのではないかと思った。

というのも、私は音楽業界に身を置くようになって20年以上が経つけれど、ライブやコンサートを観(み)に行って、アンコールがなかった公演をほとんど見たことがない。どこへ行っても最後に必ずアンコールをやるのである。

思えば、自分がバンドをやっていた時も、ワンマンライブでは必ずアンコールをやっていた。デビューして間もない頃は「アンコール」という欄が、リハーサルのごく初期の段階からデフォルトでセットリストに設けられていることにものすごく違和感を覚えたけれど、すぐに〝アンコールは一度ステージを下りてからもう一度上がるという会場の空気のリセット感を利用する演出〟みたいな認識になっていった。おそらく、多くのアーティストの皆さんもそんな感覚でアンコールをやっているのだと思う。

でも、どうだろう。たしかに、「ステージで輝きまくったら、あと3曲分くらいは残像が働いてくれる」はずである。そうなると、アンコールなんてものは必要がないのではないだろうか。いや、もっと言えばワンマンライブなど年にそう何回もできるものではないから、少なくとも次にやるまでの向こう1年くらいは、お客さんの目に焼き付いた〝残像〟に働いてもらわなければ、次のライブに来てもらえないかもしれない。この「残像に働いてもらう」という発想は、ステージに立つ者にはものすごく有効なアドバイスなのでは、と思った。

おしぼりください

三四郎　小宮浩信
『ザ！世界仰天ニュース』

「ザ！世界仰天ニュース」（日本テレビ　2019年10月8日放送）で、三四郎の小宮さんが一生忘れられない事件簿として、中華料理店で「おしぼりください」と言ったら、しばらくして店員がでっかい〝蒸し鶏〟を持って来た、という滑舌の悪さから来る失敗談を話していた。私も決して滑舌がいい方ではないから、中華料理屋では絶対に自分からおしぼりを頼まないようにしようと思った。

私は青森県出身なのだけれど、青森県民はあまり口を開けずにごもごもしゃべるくせがあって、しかも私の場合、それに加えて声自体がかなりくぐもったつや消しの声質なので、騒がしい居酒屋で店員を呼び止める時などには、非常に苦労する。言い方やタイミングを変えて何度も「すみませーん」と叫ぶうち、隣のテーブルの客に笑われる始末で、いつもただただ恥ずかしい思いをする。

そういえば、たまに事務所の近くの牛丼屋に入ることがあるのだけれど、頼んでもいないのにいつもつゆだくで出てくる。この店はそういう店なのかと思っていたけれど、ある時ふと気づいた。私が頼む時に「並ひとつください」と言っていたのが原因ではないか、と。外国人の店員さんが、私のごもごもしたオーダーの中の「つ」と「く」だけを聞き取って、「つゆだく」と判断しているのではないか、と。そもそも、一人で入って来た客が「並ひとつ」などと頼む必要はなく、「並ください」でいいわけで、この場合悪いのは私の方なのかもしれない。次こそは普通の牛丼にありつけますように。

ふざけたキミのくちびる青し

さくらももこ

『すすめナンセンス』歌詞　作詞：さくらももこ

歌詞を書いてアーティストに渡したときに「ここって、どういう意味ですか」と質問されることがたまにある。もちろん、意味のわからないことを書いた覚えはないので説明はできるけれど、説明して納得してもらったところでそれも何か違う気がするので、自分の中のルールとして説明を求められた場合はその部分は書き換えることにしている。

ときどき思う。おそらく作詞家というのはこれまでもこれからも「意味のわかる歌詞」以外書かせてもらえない職業なのだろうなと。アーティスト本人が書いたのであれば、少々意味がわからなくてもそれが味となることもあるけれど、私のような外部の作詞家がわざわざ意味不明の歌詞を書かせてもらうなんてことは滅多にあることではない。

だけれど、世の中にはPUFFYの『アジアの純真』やB.B.クィーンズの『おどるポンポコリン』のように、ナンセンスな言葉の羅列が曲のチャームポイントになっているような歌もある。そういう歌を聴くにつけ、うらやましいなあと、心の中で指をくわえている。

現在オンエア中の『ちびまる子ちゃん』のエンディングテーマ『すすめナンセンス』の歌詞もまた素晴らしい。タイトル通り、ナンセンスな言葉がずらりと並んだ名曲で、中でもいちばん最後のフレーズ「ふざけたキミのくちびる青し」の部分が好きだ。ナンセンスな歌に〝腑(ふ)に落ちる着地〟なんてものはそもそもないのだから、終わり方は特に難しいと思う。この「ふざけたキミのくちびる青し」は、少し文学的な語感、せつなさ、脱力感、ほほえましい光景、すべてが完璧にちょうどいいなあと思う。なんてセンスのいいナンセンスだろう。作詞はさくらももこさん。心からご冥福をお祈り致します。

パパの顔、触りたくない

Dove MEN+CAREのCM

ユニリーバ・ジャパン

Dove MEN+CAREのCM。「パパの顔、触りたくな〜いって言われるのが一番イヤですねぇ……」とインタビューに答える40歳くらいの男性。彼の容姿も服装も背後に映り込んだ部屋もオシャレな印象で、おそらくは、「オシャレに気を使うなら肌にも気を使いましょう」といったメッセージなのだと思う。

だけれど、どうしても気になるところがある。この男性にすごーく覇気がないのだ。

今にも消え入りそうな彼の様子を見ていると、もしかしたら娘たちが「パパの顔、触りたくな〜い」と言うのは「肌ケア」ではなくて「彼自身の家族における立場」に問題があるような気がしてしまう。彼は家の中ではぞんざいに扱われているのではないかしら、と心配になる覇気のなさである。でも表面上はオシャレな感じで暮らしているんだよなあ、なんだかなあ、切ないなあ、と思って見てしまう。

このCMを見るたび、もしも自分の子供がこんなことを言おうものなら「はあ？　パパはお前たちのために一生懸命働いたから顔がヌメってるんだ！　文句あるか！　いいか、二度とそんなこと言うんじゃない！」と頬をごりごりとこすりつけながら立派に怒れるおやじでありたいなと思う。もちろん、しこたま怒った後に大至急、肌ケアグッズを買い込んで、必死で肌ケアをするけれど。でも、まずは、ビシッと言える父でありたいものだなと思う。

話の種

子供の頃、近所の商店街に新しい店がオープンしたりすると、私の親たちの世代はよく「話の種にちょっと行ってみるか」みたいなことを言っていたなあと、ふと思い出した。そして、この「話の種に」という言葉を、いつの頃からかあまり聞かなくなった気がする。

そもそも「話の種に」という考え方は、日頃の雑談を楽しんでいる人の発想なのだと思う。そう考えると、今は雑談を楽しいと思っている人が減った、ということなのかもしれない、という気がしてくる。

仕事中はなるべく必要最低限の会話しかせず、仕事終わりに飲み会に誘ったり、恋人がいるのかを尋ねたりしただけで、何とかハラスメントと名付けられて嫌われたりもする時代。触らぬ神にたたりなしではないけれど、今は「余計な会話はしない方が身のため」という考え方が広く浸透しているような気がする。

とはいえ、じゃあ気になる店がオープンしても誰もその店に行かないかというとそんなことはない。ただ、その動機が、今までのように「話の種に」ではなくて、自分の「インスタに載せるため」だとか、自分にとっての「社会勉強として」だとか、何かしらの具体的な利益に直結しているような感じがする。

それを浅ましいとは言わないけれど、皆が何でもかんでも自分にとって利益がないと行動しない、みたいになってしまったら、それはちょっと粋じゃないというか、何だか少し寂しいなあと思う。行ったけどたいしたことなくて無駄足だったとしても、それをただの愚痴や悪口ではなくて、笑い話に昇華して皆に「話の種」として提供するような気持ちは、いつも忘れないでいたいなと思う。

いつも心に〝話の種〟を。今後、楽しく雑談をするだろう誰かのために、ちょっとしたサービス精神を忘れずに暮らしたいものだ。

アイスクリーム頭痛

アイスクリームやかき氷を急いで食べた時に頭がキーンと痛くなるあの感じ。医学的な正式名称も「アイスクリーム頭痛」というのだそう。あまりにもストレートなネーミングにも驚かされるけれど、この症状、頭痛が数分程度で収まってしまうために発症のメカニズムなどはまだ正確には解明されていないそうだ。

夏が来れば思い出す、アイスクリーム頭痛。どこか、ひと夏の恋と似ているのかもしれない、とふと思った。短い期間で消えてしまったから、どうして恋に落ちたのか自分でも分からないままの恋のひとつやふたつ、誰しもあるのではないだろうか。

アイスクリームを食べてキーンとするたび、「あの人今頃どうしてるかな」なんて思い出すのも、ちょっとした夏の楽しみ方のひとつかもしれない。

バイト選びは！バイトル

バイトルのCM

ディップ株式会社

求人情報サイトのバイトルいわく、今バイトは「探す」ではなく「選ぶ」時代なのだという。なるほど。「探す」だと〝ない〟あるいは〝見つからないかもしれない〟という心持ちからの出発という感じがするけれど、「選び」となると〝ある〟前提の発想なので、気分的にもかなりポジティブになる気がする。

世の中の「○○探し」を「○○選び」にしてみると面白いかもしれない。例えば、「恋人探し」を「恋人選び」にしてみたらどうだろう。なんだか急に自分がハイスペックな人間になった気分がしてくる。同様に「部屋探し」を「部屋選び」にしてみると、カジュアルに引っ越しを楽しんでいる感じがするし、「自分探し」も「自分選び」にすると、すでに魅力いっぱいの私がどんな自分を押し出して生きていこうかしらみたいなポジティブ感がぐっと醸し出されるからすてきだ。なるほど。「探す」のではなく「選ぶ」のだという発想の転換はとても意味があることなのかもしれない。

これから先、自分に「○○探し」という状況がやってきた時は、心の中で「○○選び」なのだと変換してポジティブに臨もうと思う。

イチゴイチゴしてる

ハーゲンダッツのCM

以前、肉を食べて「肉肉しい」という感想はどうなのだろう、みたいなことをこの連載で書いた覚えがあるのだけれど、それ以上に違和感を感じたのがハーゲンダッツのCMの「イチゴイチゴしてる」というフレーズである。この違和感の正体は何なのだろうと考えた時、おおよそ、おいしいものを食べてとっさに出た言葉とは思えない、語呂の悪さではないかと思った。「うわっ、うまっ！」「やばっ！」みたいに思わず口からこぼれ出る感嘆の言葉とは明らかに毛色の違う、食べる前から「口に入れたら私はこのセリフを言うぞ」と決めていないと、簡単には口から出て来ないだろう、言いにくさ。

これはいかにも机の上で考えた言葉という感じがするなあ、とか、何とか、ああだこうだ書きながら、私はこんなにもハーゲンダッツストロベリーのことが気になっている。なので、ＣＭとしては大正解。一周回ってすばらしいフレーズだなと思う。

だっせー恋ばっかしやがって

忘れらんねえよ

『だっせー恋ばっかしやがって』歌詞　作詞：柴田隆浩

かつて高田渡さんが「自衛隊に入ろう」と歌うことで〝戦争反対〟を訴えたように、アイロニー（反語・皮肉）という手法は、作詞において聞き手にとても強いインパクトを与える。仮に、戦争反対というテーマを真正面から「どうして人は傷つけ合うの？」といったように歌い始めても、残念ながら多くの人は聞き流してしまうのではないかと思う。それは「戦争反対」という思いは誰もが心の奥で思っていることだから、当たり前に表現したのでは、それはつまり朝だから「おはよう」と言っているようなものにひとしく、誰かの心に強く残ったり訴えかけたりする歌にはなりにくいのである。

忘れらんねえよの新曲『だっせー恋ばっかしやがって』が良い。聴いた瞬間に引き込まれた。だっせー恋ばっかしやがって。なんて愛のある本質を捉えた言葉だろう。だっせー恋ばっかしてる自分、そしてそんな自分と似た仲間たちへ、最大級の愛を込めて「どうしようもねえなあ。でもまあ、がんばろうぜ」とエールを送る、すてきな歌詞である。

ところで、反語の意味をあらためて辞書で引いてみると「実際とは反対のことを言って、暗に本当の気持ちを表現した言い方。遅れて来た人に、『ずいぶんとお早いお着きですね』などの類」(『大辞林 第三版』)とある。そう考えてみると、〝大好きだけど「大嫌い」と言ってしまう〟だとか、〝泣きたいのに笑っている〟といった主人公の様子を描くことも、作詞においては広い意味で反語表現にあたるのかもしれない。

だっせー恋ばっかしやがって。もしいつか、仲のいいだっせー友達がだっせーふられ方をして悲しんでいたら、愛を込めてそう言ってあげたい。想像しただけで、これを言える仲こそが真の友情なのではないかという気さえしてくる一言だなと思う。

動物のなかで料理をするのは人間だけ

料理研究家　土井善晴

至極当たり前だけれど、これを聞いてなるほどと思った。もしも何の調理もしなかったら、私たちは、この世にある食材のうち、いったいどれだけのものをおいしく、安全に、食べることができるだろう。いかに料理というものが、人間にとって大切な営みであるかに気づかされる。

なんてことを考えていたら、ふと「猫舌」というのは、おかしな言葉なのだなと気づいた。料理をする、つまり火を使う動物は人間だけなのだから、口に入れて「熱い！」と感じるような温度の食べ物を口に入れる動物は、地球上で人間だけなのだ。つまり、人間以外の動物はみんな猫舌に違いない。猫舌、それは正しく言い表すなら、「野性舌」なのではないかしら。

人生って大喜利じゃん

平成ノブシコブシ　徳井健太

『ゴッドタン』

『ゴッドタン』（テレビ東京　２０１８年2月10日放送）で放送された、〝腐り芸人〟の先輩が腐りかけている若手芸人の悩みに答える「腐り芸人セラピー」の回でのこと（編注：〝腐り芸人〟とは、相方との人気格差など、非情な現実の影響で屈折した思いを抱える芸人。代表格はハライチ岩井、インパルス板倉、平成ノブシコブシ徳井など）。

お笑いコンビ・Ａマッソ加納愛子さんからの「〝彼氏はいますか？〟みたいな質問や、イケメン俳優が来た時に狂喜乱舞する役を求められるのがイヤ」という相談に対する、平成ノブシコブシ徳井健太さんのアドバイスがすてきだった。「人生は大喜利と同じで、常に自分という人間に吹き出しがついていて、そこに何を書き込むか、つまりは〝写真でひとこと〟の大喜利のお題を常に解いているようなもの」と答えたのである。

イケメン芸人はイケメンが言ったら面白いこと、太っている芸人は太っている人が言ったら面白いことを求められている。テレビの世界では、誰しも〝この人が言った衝撃の一言とは？〟というお題に答え続ける必要がある、と言ったのである。

なるほど。この言葉はものすごく的を射ている気がする。初対面の人を相手に要領よく自己紹介を終わらせるためには、やはりある程度自分がどんな人間かをデフォルメ（編注：美術の技法の一つ。忠実な模倣や描写ではなく、意識的に変形、強調して表現すること）して伝える必要がある。そのデフォルメした自分につけた吹き出しに、どんな言葉を書き込めば相手と素早く打ち解けられるか、みたいな発想は日頃の生活でも大切なことである。

先日、家族でとある温泉施設に遊びに行ったときのこと。水着着用で入るスパ・エリアにはそれぞれの湯の色と薬効が違う直径5メートルほどの円形の露天風呂が7つ並んでいた。3歳半の息子は「つぎは何色だろうねー」と、はしゃぎながら、順々に風呂に入っては出て、移動していた。

だが、最後の白色の湯には先客がいて、十数人のいわゆる〝やんちゃそうな若者たち〟が風呂おけを一周、アルファベットのCの形に陣取って盛り上がっていた。芋洗い状態というほどではないが、普通の大人ならばその風呂には入らないだろう。

しかし、どうしても湯の色をコンプリートしたい息子はそれでも入りたいと言う。私は意を決して息子と一緒に入った。当然、私たちの入るスペースは風呂おけの中心にしかないため、さっきまで盛り上がっていた会話はぴたりとやみ、全方位から若者たちの刺さるような視線がこちらへ注がれた。息子も顔がこわばっている。私は苦笑して「どうした？　緊張してる？」と息子にたずねた。すると息子は、蚊の鳴くような声で、「きんちょうはしてないけどー、ぜんぜんきんちょうしてないけどー……もう出たいっちゃあ、出たい」とつぶやいた。その瞬間、若者たちからドカンと爆笑が起こった。まさに前述の「人生って大喜利」だなと思った。息子は「3歳半にしてはやけに言葉が達者である」という自己紹介を、ほんの数秒でしっかりと終えたのだ。

ホテルの部屋に戻ったあと、「あの空気の中で一言で爆笑をとるなんて、お前はすごいよ」と言うと、息子は「だってねぇ、ぼくねぇ、ぜんぜんきんちょうしてなかったんだもーん！　えーっ、パパがきんちょうしてたんでしょー？」と言って、ベッドで跳び跳ねながらうれしそうに謎のダンスを始めた。言葉はすっかり大人顔負けのレベルで、生意気なことばかり言うけれど、うその下手さはまだまだ子供だなと思って、つかまえて抱きしめた。

「不」があるところに大きなチャンスがある

株式会社ママスクエア　藤代聡

リクルート時代の教え

子供を託児エリアに預けて、隣のオフィスでママたちがデスク仕事をするという託児機能付きオフィスを展開する株式会社ママスクエア。同社代表の藤代聡氏はリクルートの元社員で、そこで学んだ「〝不〟があるところに大きなチャンスがある」という理念が事業の発想の源になっているのだそう。藤代氏いわく、リクルートという会社は、結婚・就職・引っ越しなどやったことがなくて「不安」や、情報がなくて「不満」というジャンルにおいて成功を収めた会社なのだという。

なるほど。そういう目線であらためて〝不〟のつく言葉を探してみると、「不便」は〝便利グッズ〟に、「不運」は〝占い〟に、「不精」は〝各種代行サービス〟に、「不機嫌」は〝飲み屋やカラオケ〟に、「不遇」は〝転職サイト〟に、「不健康」は〝フィットネスジム〟に、「不測」は〝各種保険〟に……という具合に、たしかに様々な〝不〟がビジネスに転換されていることに気がつく。まだ誰も気づいていない〝不〟を見つけたら、そこには大きなビジネスチャンスがあるのかもしれない。

パプリカ　花が咲いたら

Foorin

『パプリカ』歌詞　作詞：米津玄師

『パプリカ』が流れると反射的に子供たちは歌い、踊る。以前からうわさには聞いていたけれど、私自身も街中でその光景を何度か見かけたことがあるので、これは日本中で普通に起こっている現象なのだろうなと思う。

この歌のサビの「パプリカ」という言葉は、それまでの文脈からすると結構唐突に出てきて、何事もなかったように消えていく印象がある。「パプリカ」の意味について、ネットなどでは花言葉がどうだとか、それらしい考察がいくつもヒットするけれど本人による解説はまだないようで謎のままだ。

子供はパピプペポの破裂音が好きだから、お菓子の名前に多く使われると聞く。「ポッキー」「プリッツ」「パピコ」。たしかに、例をあげたら枚挙にいとまがない。「パプリカ」が子供にうけているのは、そんなシンプルな理由もあるのかもしれないなと思う。

ひとつ不思議なのは、かつて『だんご3兄弟』が大ヒットした時はだんご屋が大盛況だったと聞くのに、『パプリカ』がヒットしたからパプリカの消費量が劇的に増えたという話は聞かない、ということである。

子供たちの嫌いな野菜の代表格であるピーマンとパプリカが似ているからだろうか。そうだとしたら、名前にしっかりと〝ピ〟が入っているのにこんなにも嫌われ続けているピーマンのラスボス感たるやものすごいなと、あらためて思うのは私だけかしら。

一生のお願い

街頭インタビュー

『やすとも・友近のキメツケ！※あくまで個人の感想です』

『やすとも・友近のキメツケ！※あくまで個人の感想です』（関西テレビ　2019年10月8日放送）でのこと。「その定型文は聞き飽きた」というテーマで街ゆく人にインタビューしていて、「友達に彼氏の写真を見せた時の〝やさしそう〟とか〝いい人そう〟というセリフ」だとか、女優が美しさの秘訣を聞かれた時の「何もやってません」みたいなフレーズなどがあがる中、小学生の子が「一生のお願い」と答えていて、可愛らしかった。「ペン貸してとかじゃなく、もっと大事な時、どうしてもして欲しい時に使えばいいのにさー」と。

たしかに、小学生にとって「一生」はまだ先が長いと感じるのだろう。でも、大人になると「一生のお願い」は誰も言わなくなる。もし仮に「一生のお願い」なんて言い方で重大なものごとを頼んでくる大人が周りにいたら、本能的に心を閉ざして、絶対聞き入れまいと思うものである。

そう考えると「一生のお願い」なんてものは、小学生の時に「ペン貸して」で使うくらいが正しい使い方なのだと思う。だから、子供の頃からそんなに理論派ぶらないでさ、使えるうちに使えるだけ使っておいた方がいいよ。一回ずつ100人に100回使うくらいが本当の賢さかもしれないよ、と思った。

どうだフェイス

さまぁ～ず　大竹一樹

『モヤモヤさまぁ～ず2』

『モヤモヤさまぁ～ず2』（テレビ東京　2019年7月7日放送）でのこと。江戸川区葛西周辺をぶらぶらして出会った木工好きのご老人が、自作の竹とんぼをぴゅーんと飛ばして得意げな表情をした。それを見た大竹さんが「いいですねぇ、どうだフェイスが」と言った。

どうだフェイス。初めて聞いた。これと同じ言葉で「ドヤ顔」というのがある。今では日本中で広く市民権を得た言葉だと思うけれど、当然「どや」は関西弁が由来なので、関西の人の前で使うときはそのイントネーションをどうするか、内心緊張感が走る。

　関西の人は関西圏以外の人が使う「えせ関西弁」に対して非常に厳しい。とはいえ、「ドヤ顔」はそれに代わる言葉もなかったから、いちかばちか勇気を出して使っていた。でも、これからは「どうだフェイス」がある。そう思うと心強い。これなら関西の人の前でも堂々と使える。

COLUMN

02

言葉と心

ある時から「心が折れる」という表現をよく耳にするようになった。目標に向かって頑張っていたのに、障害にぶつかって意欲がなくなったり、諦めたりすることを指しているようだ。

この言葉を初めて聞いた時に、私は素直に「えっ、心って棒状だったんだ？」と思ったのを覚えている。一般的に「心」と言われて思い浮かぶのは〝ハートマーク〟で、それは平面か、あるいは少し膨らんだ立体の状態で描かれるのが普通だ。だから、「心が割れた」なら平面だろうし、「心が砕けた」なら立体なのかなと思うが、「心が折れた」となると、実は心は棒状だったということになる。しかし、実際のところ、心というのはどういう形をしているのだろう。

心にまつわる表現の中には、「心がへこむ」という表現もある。棒状でかつ、へこむ。ということは、パイプ状の形をしているのだろう。中は空洞なのだろうか。「心を開く」「心に蓋をする」という表現もあるから、中に何かを入れられて、閉じ込められる形状をしているのかもしれない。筒状の容れ物ということだろうか。

ほかにも「心がはずむ」という表現もある。はずむということは、ゴムのようなもので出来ているのだろうか。言われてみるといつまでも心がへこんだままの人はあまりいないので、よほどゴムが劣化しない限りは元に戻るのだろう。前述の「心が折れる」というのも、もしかしたら過度なストレスによってゴム状の素材がカチカチに劣化した先で起こる現象なのかもしれない。「心がはずむ」以外にも、「心が揺れ動く」なんて表現もあるから、やっぱり心は元々は柔らかくて弾力のある素材に違いない。

そういえば「心をわしづかみにされる」なんて表現もある。なるほど。筒の直径は手で握れるくらいなのだろう。誰の手のサイズを基準にするかで違ってくるが、成人男性の平均的な大きさから考えても、せいぜい直径10㎝以下くらいだろうか。

ほかにも、「心が晴れる」という表現もある。晴れるということは、心は基本的には透明な素材で出来ているのだろう。普段はきれいに透き通っているのだが、何かのきっかけで曇ったり濁ったりすることがあるのだろう。よし、だんだん分かって来た。心は〝ゴムのようなもので出来た直径10㎝以下の透明な筒状の容れ物〟なのだ。

いや、待てよ。「心に刻む」という表現もある。これは大きな問題である。せっかくの透明できれいな心に、私たちは大胆にも文字や映像を刻むことがあるのだという。何ということだろう。忘れたくない素敵な言葉や思い出を刻むことで、そのせいで心は曇ってしまわないだろうか。そういえば、「思い出が邪魔して未来が見えない」なんて面倒くさいことを言い出す人もたまにいるから、何でもかんでも心に刻みすぎるのは、よくないことなのだろう。心には本当に、本当に、大事なこと以外は刻んではいけないのだ。これは今すぐ肝に銘じなければならない。

心にまつわる表現は他にないだろうか。うわっ、「心が騒ぐ」という表現もあるではないか。自分の意思とは関係なく勝手に心がざわざわすることを指す表現だ。勝手に騒ぎ出すなんて、それはもう心が意思を持った私とは別の生き物であるということである。かなり衝撃的だが、でもまあ、考えてみれば私たちの腸内にも無数の細菌が暮らしているのだから、今さら体内に他の生き物がいると言われてもそこまで驚きはしない。そうか、心は〝ゴムのようにやわらかい直径10㎝以下の透明な筒状の蓋のある容れ物に似た私の中に住んでいる生き物〟なのか。

と、ここまで考察してもまだ分からないのは、その「長さ」である。「心がせまい」だの「心が広い」だのという表現がある以上、その容積に個人差があることは明らかだ。大体の直径も分かった今、容積に違いをもたらす要素は長さしかないから、あとは心の長ささえ判明すれば、私の中で「心の形」はバシッと決定するのだけれど。

CHAPTER | 03

別の人の彼女になったよ

wacci

『別の人の彼女になったよ』歌詞　作詞：橋口洋平

歌詞を書く時はキャッチコピーを作るような感覚というのも大事で、聞き手をつかむ一言を書けるかどうかは、作詞をする者の永遠の課題とも言える。

ｗａｃｃｉの新曲は、「別の人の彼女になったよ」の一言で始まる。なんとも素晴らしい〝つかみ〟である。「別の人の彼女になったよ」なんて言葉は、別れた彼女が元彼に言う以外にありえない一言なのだが、だからといってそんなことをわざわざ言う女性はほとんどいないわけで、そう考えると誰もが普段は目や耳にしたことのない言葉ということになる。

そんな聞き慣れない言葉なのに、誰もが瞬時に意味が分かって、登場人物たちを取り巻く環境や心情までをも勝手に想像してしまう。コピーライティングとしても素晴らしい一言である。想像してみてほしい。駅で電車を待っている女の子の写真に、仮に「別の人の彼女になったよ」という文字を載せてみたとする。

するとどうだろう。何げない写真から勝手に物語が立ち上がってくる感じがしないだろうか。こういう〝勝手に物語が立ち上がってくる言葉〟というのは、すぐに見つけられそうで、探してみるとなかなかない。

歌詞は、新しい彼氏はフェスではしゃがないし、余裕があって大人だし、映画を見ても泣かないし、どんなことにも詳しくて尊敬できるし、キスや態度だけじゃなくちゃんと「好きだ」って言うし、けんかもしないし、むしろ怒るところがどこにもない、と新しい彼氏ののろけを延々と続けるのだけれど、それが強がりで、本当は元彼に会いたいと思っていることがだんだん分かってくるシステムになっている。

コピーライティング力もあって、展開の技術力もある。これからが楽しみなバンドだ。

借景

景色を借りると書いて、借景（しゃっけい）。日本庭園の造園技法のひとつで、遠くの山などの景色をその庭の背景の一部として利用する技法のこと。

どんなに美しく作り込まれた日本庭園も、四方を高層建築に囲まれていたのではどうしても息苦しく味気ないもので、やはり遠くの雄大な山並みと庭園がつながっているように造られているほうが、より美しく見えるものだ。

私はこの借景という言葉を最近知ったのだけれど、いわゆる「インスタ映え」という言葉は、すなわち現代版の「借景」なのではないかと、ふと思った。オシャレなスポットへ行って景色を借りて、パシャッ。オシャレな食べ物を手に持って、パシャッ。

「インスタ映え」という言葉が生まれた時から、この言葉はいまいち使い勝手が悪いなと感じていた。というのも、「インスタ映えスポット」や「インスタ映えフード」というように、オシャレな〝場所〟や〝物〟のことを言い表すことは出来ても、「インスタに載せる写真を撮る」その行為自体を言い表す場合にはちょっと使いにくくて、まさか「ねえ、インスタ映えしようよ」と言うわけにもいかず、結局は「ねえ、写真撮ろう」

である。
　その点、借景は使い勝手がいい。インスタ映えする場所や景色を見つけたら、「ねえ、借景しよう！」である。ちゃんと意味が通っている。いや、まあだいぶ古風ではあるけれど。もちろん、この言葉がはやるとはみじんも思っていないけれど。ただ、日本にはちょうどいい言葉があったのだなあ、と思った次第である。

えぐいちゃん

渡辺徹
『ホンマでっか!?TV』

『ホンマでっか!?TV』（フジテレビ　2019年1月30日放送）でのこと。茨城県出身の渡辺徹さんいわく「茨城の人は〝え〟と〝い〟が反対になる」のだそう。〝いのうえ〟さんは〝えのうい〟さんと呼ばれるらしい。もっと方言のきつい人になると発音だけでなく表記まで変わってしまい、〝燃えるごみ・燃えないゴミ〟の貼り紙が〝燃いるゴミ・燃いなえゴミ〟と書かれてあったりもするらしいから驚く。

というわけで、渡辺徹さんの妻、榊原郁恵さんは茨城では「えくいちゃん」となり、さらには「かきくけこ」の発音が濁りがちなため、歩いていると道ゆく人に「えぐいちゃん、元気?」と話しかけられるのだそう。いかにもネタっぽいけれど、茨城には〝え〟と〝い〟が反対になってしまう人がいるというのは本当のことのよう。

となると、茨城県で島倉千代子さんの『人生いろいろ』がカラオケで歌われたとき、大変なことになっているのではないかしらという心配が、えぐい。

大寒

面白いと思ってやったことがまったくウケなかった状態を、ある時から皆が「寒い」と言うようになった。今では市販されている辞書の中に「寒い」の意味として「面白くない」が載っているものもあるらしい。

「大寒」という日がある。これを辞書で調べてみると、「二十四節気のひとつ。太陽の黄経が300度に達した時をいい、現行の太陽暦で1月20日頃に当たる。一年で最も寒い季節」(『大辞林　第三版』)とある。


お笑いトリオ、ダチョウ倶楽部の上島竜兵さんの誕生日は、太田プロの公式ホームページによると「1月20日」と記されている。

たぶん、上島さんが生まれた頃は「寒い」という言葉に「面白くない」という意味はなかっただろうと思う。たぶん、ある時まで上島さんが大寒の日に生まれたということは特に何の意味も持たない、ただの事実にすぎなかっただろうと思う。

ところが、上島さんが芸人を志し、プロになり、芸を確立していく中で、それとはまったく関係のないところで「寒い」という言葉に「面白くない」という意味が生まれ、ある時、このふたつの出来事が奇跡的にシンクロして、結果としてオモシロ誕生日になった。ああ人生はなんと美しい偶然であふれているのだろう、と思わずにはいられない。

空気みたいなもの

株式会社二木社長　二木正人

『カンブリア宮殿』

『カンブリア宮殿』（テレビ東京　2019年2月7日放送）。二木の菓子でおなじみの株式会社二木を取材していた。社長いわく、100円のポテトチップスを売って、10万円の利益を出すには5000袋を売らなければならないのだそう。その仕入れは4tトラック2台分になるという。穏やかな口調で「スナックやせんべいは、空気みたいなものですから」と話した。逆に一番もうけが出るのは小さくて単価の高いチョコやガムなのだという。

今まで考えたこともなかったけれど、たしかに輸送という意味ではスナック菓子などは空気を運んでいるようなものなのだろう。もしも4tトラックがしゃべれたら「えっ？　こんな軽くていいんすか？　おれ、4tまでオッケーっすよ？　張り合いないなあ」と口をとがらせそうである。

そう考えると、円柱型の容器にびっしりと詰められたポテトスナックは、味だの食感だのという観点からではなく、パッケージのコンパクト化で積載量を増やすという、輸送コストの観点から生まれた菓子なのかもしれないなと、ふと思った。

高級な店で食事したとき、「この店の雰囲気にもお金を払っている」みたいに感じるのと同じように、この先スナック菓子を開けるたびに「私はこの袋に入っている空気にもお金を払っている」と思うのだろう。

U.S.A.

DA PUMP

『U.S.A.』歌詞　日本語詞：shungo

話題沸騰のDA PUMPの新曲『U.S.A.』。陽気に「C'mon, baby アメリカ」と連呼し、「どっちかの夜は昼間」だの、「ドリームの見方をInspired」だの、トリッキーな言葉が並んでいる。

ある時から日本の音楽は、娯楽ではなく傷ついた心の「薬」の側面が強まった気がする。それはまるで「音楽」の「楽」の字にくさかんむりがついて、「音薬」になったかのよう。いわゆる〝肉食系〟のタイプの人よりも〝草食系〟のタイプの人に音楽好きが多いのも、くさかんむりと少しシンクロしているような気もする。

もちろん、そもそも音楽には薬のような側面もあるものだと思う。でも、近頃はあまりにも「あなたらしく」「あなたはオンリーワン」といった、相手を全肯定することで傷ついた心を治そうとする、いわばどんな症状にも効く薬のような歌が増えてきて、それはちょっとどうなのだろうとも思う。

擦り傷なら擦り傷の薬があって、ものもらいにはものもらいの薬があって、インフルエンザにはインフルエンザの薬がある。医者は症状に合った薬を処方してくれるが、〝音薬〟はそうはいかない。どうせ聞くなら効く薬とばかりに、聞き手が自らすすんで〝薬効のありそうな音楽〟を選んでしまうため、それならとばかりに作り手も〝音薬作り〟にいそしんでいる、という悪循環すら感じる。

そこへきて、『U.S.A.』である。この曲には、いわゆる薬効を狙った言葉はない。でも、それがまるでプラセボ（偽薬）効果のように、肉食系も草食系も関係なく、聞き手を副作用なしで明るい気分にしてくれる。

恋のかめはめ波

徳井義実

『徳井と後藤と麗しのSHELLYと芳しの指原が今夜くらべてみました』

『徳井と後藤と麗しのSHELLYと芳しの指原が今夜くらべてみました』（日本テレビ2019年2月6日放送）でのこと。プロポーズの時に箱をパカっと開けて指輪を差し出すことを、徳井さんは「恋のかめはめ波」と呼んでいた。

たしかに。もしも人間が本当に「かめはめ波」を出せるとしたら、この瞬間がもっとも近いのかもしれない。手の中でピカッと光り相手の胸をドーンと一発で打ち抜く。かめはめ波は肉体的な修業の末に出せるようになるものではなく、恋愛の修業の末に出せるようになるものなのかもしれない。

ar抜き言葉

島田泰子教授（二松学舎大学）
二松学舎大学の講義より

「ら抜き言葉」（「食べれる」など、助動詞「られる」を可能の意味で使う場合に「ら」を抜いた表現）は、一般的に乱れた日本語の代表格のような扱いを受けているが、日本語の歴史から見ると、そうとも言い切れないらしい。というのも、実際には「ら」ではなく、抜けているのは「ar」だというのである。

例として「食べられる」と「食べれる」を比べてみる。一見すると「ら」が抜けているように感じるが、ローマ字で「taber“ar”eru」と「tabereru」を比べると、たしかに「ら」ではなく、「ar」が抜けていると見ることもできる。

次に「行かれる」と「行ける」の場合を比べてみる。誰かと待ち合わせをする時に、「5時に行けるよ」と言う人はいても、「5時に行かれるよ」などと言う現代人は少ないだろう。つまり、これは長い時間を経て「ik“ar”eru」の「ar」が省略されて定着した形なのだそうである。将来的に「ら抜き言葉」すなわち「ar抜き言葉」のほうが世の中のスタンダードになる可能性は大いにあるということらしい。

なるほど。時が経つと「ar」は省略されていく。今後、さまざまな日本語に「ar抜き」が広がれば、世の中の「アパレル店員」はいつの日か「アペル店員」と呼ばれ、「あばれるくん」は「あべるくん」と呼ばれてしまうのだろうか。あららら。

みなさん、何してるんですか!?

滝沢カレン

公式インスタグラム　2018年1月3日の投稿の書き出し文

滝沢カレンさんのことを、〝変な日本語を話す奇麗な女性〟と認識している人も多いと思うのだけれど、私はそういうのとは少し違うような気がしている。というのも、彼女は話す言葉よりも書き言葉のほうが、より珍妙なことになっているのである。誰かと会話をしていて仮におかしな日本語になってしまったとしても、それはもう仕方がない。

でも、文章は後からいくらでも直すことが出来る。それなのに彼女の文章はおかしいのである。

初めてそれを読んだ時、こんなにも珍妙な日本語なのに、以前どこかで読んだことがある気がした。それは何かというと、翻訳サイトに英文を貼り付けて翻訳をした時に現れる、直訳の日本語である。

もしかしたら彼女は「感情を〝直訳〟している」のではないだろうか。私たちは日頃、「自分の気持ちを自分の言葉に翻訳して話している」と思い込んでいるが、実はそうではない。世の皆が話している言葉、ある種の定型文のようなものに、自分の気持ちを当てはめて話しているに近い。

例えば、普通の人ならインスタグラムの書き出しには「皆さん、お元気ですか」などと書くだろう。でも、その時に読者が本当に元気かどうかなんてほとんど考えてはいない。でも、たぶん滝沢さんは違う。実際に読んでくれている人が何をしているかをバカ正直に考えてしまうのではないだろうか。だからその結果、「みなさん、何してるんですか!?」という表現になってしまうのだろうと思うのだ。

彼女を見ていると、自分の感情を正確に言葉にするとはどういうことか、妙に考えさせられる。とても貴重で面白い存在だと思う。

トントントントンヒノノニトン

日野デュトロのCMソング

日野自動車株式会社

『トコトン掘り下げ隊！生き物にサンキュー!!』（TBS　2018年4月4日放送）の特番でのこと。飼い主が「トントントントンヒノノニトン」という日野自動車のCMソングを口ずさむと飼い猫が寄ってくる、という映像が流れた。また、別の猫は「チュールチュール　チャオチュール」（編注：いなばペットフードの商品『CIAO　ちゅ～る』のCM）という曲を口ずさむと寄ってくるらしい。

なんだろう。この、商品名の語尾を数回繰り返した後に商品名を歌うと猫の心に響く、というルールは。そう思ったところで、もしかしたらこれは猫に限らず、人間にも当てはまるルールなのかもしれないと思った。

というのも、映画『リング』の「来る～　きっと来る～」という歌も、語尾を先に言ってから、主題を言うのだが、おそらく誰もが一回聞いただけで、歌詞もメロディーもしっかり覚えた曲なのではないかと思う。

だが、あの歌は、実際は「Oooh きっと来る～」と歌っている。それでもほとんどの人は「来る～ きっと来る～」と聞いていた。これはつまり、人間の心の中に潜在的に「語尾を繰り返して欲しい」という気持ちがあるから起きた現象なのではないか、と思ったのだ。

サビは「まずキーワードの語尾を繰り返してから、キーワードを言う」。これはもしかしたら、ものすごく使える作詞技術なのかもしれない。

ブッコミ

「BookLive!コミック」の略称

総合電子書籍ストア「BookLive!」 電子コミックサービス「BookLive!コミック」

総合電子書籍ストア「BookLive!」の電子コミックサービス「BookLive! コミック」。略して「ブッコミ」。なんと素晴らしいネーミングだろう。元の言葉にも意味があって、それでいて略したときは既存のキャッチーな言葉に化けて覚えやすい。これこそがネーミングのお手本なのではないだろうか。

それに引き換え近頃のバンドの名前ときたら、もう本当に複雑怪奇きわまりない。先日、珍妙な名前のバンドをやっているアマチュアの若者に「なぜ君たちはそんなバンド名なのだい」と尋ねると、「検索されたときにヒットしやすいからっすかね〜」と言う。そのあとで「でも、そもそも覚えにくくて検索してもらえないんっすけどねぇ〜。ひっひひ」と自嘲していた。「やっぱ変えたほうがいいすかねぇ?」と言うので、「そうだなあ。もっと覚えやすい名前、例えばポイズン・ステレオ、略して〝ポイステ〟なんてのはどうだい?」と、思いつきを提案してみたのだが、ポイズンもステレオもポイステも、どれも絶妙にダサくて言っているそばから苦笑してしまい、「ごめん、ごめん、聞かなかったことにしてくれ」と頭を下げた。いくつになってもネーミングというのは難しい。

超いにしえ

友近

友近さんが時代遅れの価値観を押し付けてくる人に対して、よく「超いにしえ」と言う。この言葉が好きで、私もときどき使う。だからどうってことはないのだけれど、すごくポップで使い勝手がいいので、皆さんも年上の人と話していてジェネレーションギャップを感じたときなどは、笑顔で「超いにしえ〜」と言ってみてはいかがでしょう。

近頃世間で話題のパワハラやモラハラといった問題も、おそらくご年配の皆さんの「超いにしえ」な考え方から来ていると思うので、それを軽やかに指摘する意味でもこの言葉はいいと思う。

カンタンに変わってくひとが　いちばん苦手なくせに
カンタンに変われないジブンが　誰よりいちばんキライ

ＪＵＪＵ

『メトロ』歌詞　作詞：松尾潔

ＪＵＪＵさんの新曲『メトロ』のサビの歌詞。まるでどこかのファッションビルの広告コピーのような、無駄のない美しい言葉がすてきだなと思った。

このサビにつながるＡメロはというと、「すてきな人ねと言われた私は、混んでもいない地下鉄で席を立って、初めて隣の駅で降りると、知らない世界が広がっていた」という内容で、サビの内容と直接的にはつながっていないところがまた、いいなと思う。大人だなあと思う。こういう歌を聴くと、作詞というのは「何を書くか」の作業だと思われがちだけれど、大事なのは「何を書かないか」の方なんだよなあと、つくづく思う。

もしも、この雰囲気の歌に、日記のように主人公に何があったかを細かく書いたらやぼである。彼女の身に起きた悲しい出来事など、書けば書くほど、主人公の女の子が安っぽい印象になってしまうはずだ。作詞は、リアルさが重要だが、リアルを履き違えると、夢のない歌になってしまう。こんなすてきな雰囲気の歌は、久しぶりに聞いたような気がする。

ミートテック

2018年ギャル流行語大賞第8位

2018ユーキャン新語・流行語大賞が「そだねー」に決まった。正直、だいぶ前の流行という感じもして、その他の並びを見ても全体的に少し弱いというか、あらためて今年は流行語が少ない一年だったのだなと感じた。それとは別に毎年発表されているのがギャル流行語大賞で、こちらの方は結構面白かった。

個人的には8位の「ミートテック」が気になった。実際にこの言葉を使っている人には出会ったことはないけれど、「ミートテック着てるから寒くない」「ダイエットしてミートテック脱がなきゃ!」みたいな自虐的な使い方をするらしい。

でも、これを言われた後のリアクションって、かなりむずかしい気がする。ギャルならノリで「うけるぅ〜！」くらいの一言でいいのかもしれないが、普通に大人が会話の中で使うと結構危険な予感がする。

「寒くない？」「あ、いや、私ミートテック着てるから大丈夫」「え、あ、ああ……。あはは……」みたいに、ものすごい気まずい空気にならないだろうか。おじさんにダジャレを言われたあとのような、特に返す言葉もなく、ゆっくり苦笑いだけがフェードアウトしていく感じ、というか。若者言葉をやたらと使いたがる大人も多いので、もしかしたらあなたの周りの誰かがこの言葉を使ってくるかもしれません。もらい事故にご注意を。

ビジネスだけなんですよ

庄司智春

いい夫婦 パートナー・オブ・ザ・イヤー2018

「いい夫婦 パートナー・オブ・ザ・イヤー2018」を受賞した庄司智春さん・藤本美貴さん夫妻。受賞の記者会見で「お互いのことは何て呼んでいるんですか?」と聞かれたとき、「私はトモちゃんですね」「僕はミキちゃんです」と答え、「ミキティとは呼ばないんですか?」と驚いている記者に「あれは本当に、ビジネスだけなんですよ」と言った。

笑ってしまった。そして、なんだか格好いいなあと思った。仕事でテレビカメラの前で裸になって、奥さんの〝ニックネーム〟を、叫ぶ。そして、家では服を着て、奥さんのことを、世の中の人々とは違う呼び名で呼ぶ。〝仕事を家庭に持ち込まない〟の、ものすごく新しいかたちだなあと思った。

位置覚

部屋の中を歩いている時にテーブルの脚に足の小指をぶつけて悶絶(もんぜつ)した経験は誰しも

あると思う。それは脳の「位置覚」という感覚が、原因なのだそうだ。「位置覚」を調べてみると「体幹と四肢の関節における屈伸状態を感受し、その位置、動きを察知する感覚」とある。つまり、自分の体が今この瞬間、どういう状態で、どの位置にあるのかを、脳が察知する感覚である。

この位置覚が大半の人はずれているらしい。そのずれがどれくらいかというと脳が認識しているよりも実際の体が1センチ程度外側にあることが多いのだそう。1センチの誤差、つまり「足の小指一本分」の誤差である。だから、通れると思った幅の隙間で足の小指をぶつけてしまうのだそうだ。

これは身体の話だけれど、同じことは心の中にも言えるような気がするなと、ふと思った。ぶつからなくてもいいところで、誰かとぶつかって、必要以上にもめている人がたまにいる。これは〝心の位置覚〟みたいなものがずれているからなのではないだろうか。特に普段から「自分を大きく見せている」ようなタイプは、黙ってすれ違えばいいところで、無駄に人とぶつかって、もめている気がする。

自分という人間のサイズを見誤らず、正確に認識していることが、人間関係における衝突をすり抜けるためには大切なのかもしれないと、なんとなく思った。

アートって、最初は理解されないのよ

アンタッチャブル　山崎弘也
『私まだマシTV』

『私まだマシTV』（フジテレビ　2019年1月19日放送）。片付けられない女子たちがお互いのとんでもなく散らかった部屋を見て、私の方がまだマシと胸をなで下ろしていた。スタジオでVTRを見るザキヤマさんは、どんな部屋が映ろうと、徹底して肯定的なコメントをしていて、その手数と技術がすごかった。

ある女性が、玄関の靴箱の上にごそっと積み上げられたハンカチの山を「見せる収納です！　取りやすくて便利だし」と言い張っていた。その様子を見ていたザキヤマさんは、優しい口調で「アートって、最初は理解されないのよ」と言った。

一生懸命作ってくれたんだけど明らかに失敗してぐちゃぐちゃな手料理、明らかに切りすぎた前髪、明らかに変なコーディネートの服装。相手にも失敗した自覚は多分にあって、でももはやどうしようもなくて、こちらも見て見ぬふりが難しい、みたいな状況は時々おとずれる。そんな時、「アートって、最初は理解されないのよ」なんて言ってお互い笑い合えたら、その関係はとてもすてきだと思う。
それにしても、この「私まだマシ」という視点。数あるトーク番組の中で、まだ手がついていない新しい視点だなと思った。「私まだマシ」と思いたいテーマって、探せば他にもまだまだ無限にありそうだし、何より、どんなテーマで言い合おうとも、「私まだマシ」という、ほんのちょっとの希望を残した着地をするのがいいなと思った。

きらきら光る、つぶつぶ

坪倉優介
『記憶喪失になったぼくが見た世界』

18歳で交通事故に遭って記憶喪失になり、人間の生活習慣すべてを忘れた状態から奇跡のカムバックを果たした坪倉優介さんの著書『記憶喪失になったぼくが見た世界』(朝日新聞出版)を読んだ。

ここはどこ？　私は誰？　みたいないわゆるドラマなどで見かけるような記憶喪失ではなく、彼はしゃべること、食べること、眠ること、トイレに行くこと、風呂に入ることなどあらゆる基本的な生活習慣を忘れて、まっさらな赤ちゃんの状態に戻ってしまった。

赤ちゃんはいつも泣いている。でも、何がどう嫌なのかを言葉で伝えることなど出来るわけもなく、ようやく話せるようになった頃にはその時のことなど忘れてしまっているから、なぜ泣いていたのかの答えは、すべての親にとって永遠の謎である。

でも坪倉さんは、赤ちゃんの状態に戻りながらも脳は大人の脳なので、ゼロから経験し直して以降の記憶が残っている。それらのエピソードがまるで赤ちゃんの気持ちを代弁してくれているかのようで非常に興味深い。

例えば、初めてごはん（白米）を見たときのこと。彼は、「この煙がもやもや出てくる光るつぶつぶは何なんだ」と驚き、お母さんのまねをしてそれを口に入れたら、最初は「痛い」と感じ、それでも噛んでいると、「じわりと口の中にひろがるもの」を感じた。お母さんから「おいしい？」と聞かれても、その言葉の意味がわからないので無視して噛み続けていると、「もっと食べてみたいと思ったらおいしいと言って。もう口に入れたくないと思ったらまずいと言ってほしい」と言われ、「おいしい」と答えたら、お母さんが「そう、ごはんはおいしいんだ」とうれしそうに笑った。……という具合に語るのである。

そんな風に、ものすごくまっすぐなのに、これまで考えもしなかった角度で語られる新鮮な言葉たち。子育て世代には刺激的に響くのではないかと思う。

君にリーダーを任せよう

ローランド
『ローランド先生』

『ローランド先生』(フジテレビ　2020年4月20日放送)。ローランドさんが一流ホテル「星野リゾート　界　箱根」のスタッフとなって、番組が用意した失礼な宿泊客を接客する様子をホテルスタッフが採点するという企画でのこと。

チェックインの際にロビーを騒いで走り回る男の子に、ローランドさんは年齢と名前をたずね、その後で「よし、タクミくん、来年から小学生になるから今日一日、このホテルのリーダーを任せようかな。もし、うるさい人がいたら、ちゃんと注意して。できる？　うるさい人がいたらすぐにお兄さんに報告するんだよ。よし、じゃあ一回座ろうか。リーダーだからしっかりね」と言った。これにはホテルスタッフも「お子様のプライドを傷つけずに注意した」と高く評価していた。

ローランドさんは自身の経営するホストクラブでも、言うことを聞かないスタッフにあえてリーダーを任せることがあるのだという。役割がその人間を作っていく。確かに、人間にはそういうところがあるのかもしれない。

私にもひとつ思い当たるエピソードがある。バンドを解散した時、所属していたレーベルの社長にチャットモンチーという新人バンドのプロデュースをしてみないかと頼まれ、引き受けたはいいものの、それまであまりプロデューサーという人と作業した経験がなかったため、何をどうしたらいいのか分からず苦悩していた。ある日、社長に「プロデューサーはできないかもしれない」と打ち明けると、「大丈夫。自分はここの現場のプロデューサーだっていう顔をしてスタジオにいることが、まず最初の仕事だ」と言われた。

正直、よく意味が分からなかったけれど、次の日から言われた通り、自分はプロデューサーなんだと強く意識してみたら、不思議と少しずつ現場が上手く回り始めた。もしも、あの時のアドバイスが、こういう時にはこうしろ、そもそもリーダーはこうじゃなくちゃいけない、こんな風に考えろ、といった事細かなものだったら、私は簡単に投げ出していたかもしれない。役職を与え、その人らしくその役職について考えてもらう。その結果、自発的に起こす行動が人をいちばん成長させるものなのかもしれない。

子供の心に扉があるとすれば
その取手は内側にしかついていない

かつて医療少年院に勤務していた立命館大学教授・宮口幸治さんの著書『ケーキの切れない非行少年たち』(新潮新書)を読んだ。犯罪を繰り返す少年は認知機能に問題がある場合が多く、単純な図形の模写が苦手だったり、丸いホールケーキを3等分に切ることができなかったりするそうだ。そういった少年たちがどのようにして非行少年になっていくのか、普段どのような心理・行動原理で生活しているのか、どうすれば非行を防げたのかといった、今までに考えたこともなかった角度から語られる教育論は興味深い話ばかりで衝撃を受けた。

この本の中に、矯正教育に長年携わってきた方の話の引用として、「子供の心に扉があるとすれば、その取手は内側にしかついていない」という言葉が出てきて、なるほどとひざを打った。

私もこれまでに何度か「心の扉」というような表現を歌詞の中で用いたことがある。しかし、私が頭の中で想像していたドアは、内側と外側の双方に取っ手がついていて、鍵穴もある、いわゆるドアらしいドアをイメージしていた。

でもどうだろう。言われてみるとたしかに、閉じた心のドアを外側からこじ開けるのは不可能なことなのかもしれない。古事記の天岩戸（あまのいわと）の話のように、閉じこもった者が自ら外へ出てきてくれるように促すことくらいしか、結局のところ、他人にはできないものなのかもしれないと思った。

もし仮に、心を許せる友人や恋人に出会えたとして、おそらくその友人や恋人は自分がその鍵穴にぴったりはまる鍵を持っていて、外側から取っ手を回して、心のドアを開けたような感覚がするかもしれない。でも、たぶん違うのだ。最後は自分が開けるしかない。「心に扉があるとすれば、その取手は内側にしかついていない」という、この言葉を知っているだけで、これから人との接し方が少し変わるような気がした。

あ、こんにちは〜〜〜〜。

街頭インタビュー

『マツコ会議』

『マツコ会議』（日本テレビ　２０１９年６月29日放送）でのこと。横浜中華街の占い店と中継をつないでいた。悩み相談に来ていたあるエステ店経営の女性が、マッコさんに向かって鼻にかかった声で「あ、こんにちは〜〜〜〜」と、あいさつをした。それを聞いたマツコさんはニヤニヤしながら「長いわねぇー。長い分だけねぇ、幸せが逃げていくのよぉ〜。〝は〟はねぇ、パッと引き取った方がいい。パッと。こんにちは！　って」と言った。

たしかに。そう言われてみると、何かにつけて語尾の長い人には何だかえたいの知れない嫌悪感がある。「あたしぃ〜、なんかぁ〜、最近ついてなくてぇ〜」という話し方をされたら、そのあとにどんな不幸話が続こうが、あまり親身になって心配する気にはなれない感じがする。

語尾をのばすだけでなく、語尾をくいっと上げて半疑問形みたいに話す人も苦手だ。特に営業の人に多い気がする。「こちらの保険ですとぉ〜、万が一ぃ？　交通事故にあった場合なんかにぃ〜？　うん、補償がうけられなかったりしてぇ〜」というように。こういう話し方の人も、なんか信用できないなと本能的に思ってしまう。そんな風に、人の幸せは語尾から逃げていくものなのかもしれない。

さんきゅ。

先日、青森の実家に帰省した。母親と二人で遠出する用事があって、レンタカーを走らせていると、孫に何かを買ってあげてお礼を言われるのはすごくうれしい、という話の流れで、母親が父親への愚痴を言い始めた。


「オヤジは何をしてやっても〝ありがとう〟の一言もないんだもの」

「ははは。でも、まあ、そんなの今始まったことでもないじゃない」

「お礼言うくらい2歳の子供だってできるのに」

「いや、逆に何十年も一緒にいると照れ臭い部分もあるんじゃない？」

「だからって、お茶を出してあげたら、〝おう〟の一言くらい言えばいいべよ？」

「無視か……。たしかにそれはつらいね」

「この前、薬飲まねばなんないのに、手に薬持ったまま何も言わないで黙って座ってるから、仕方なく水持って行ったら、それでも何も言わないのよ。頭にきて、とうとう言ってやったのよ。〝あんた、私に何かひとことくらい言うことないの？〟って」

「で？　オヤジ、何か言った？」

「言ったのよ……。〝さんきゅ〟って。それがまた腹が立つのなんのって！」

「ははは。何が腹が立つの？」

「だって、どう見たって、ありゃあ、〝さんきゅ〟のキャラじゃねえべよ！　英語も出来ない田舎もんの80歳近いじじいさんが。人をバカにしたような言い方で、〝さんきゅ〟だって。腹が立つったらありゃしない」

「ははは。じゃあ、〝さんきゅ〟は止めろって言えばいいじゃん」

「でも、〝何か〟言えって言ったのはこっちだしよ。また文句言うのも面倒臭いし」

「ははは。じゃあ、何も言わないのと〝さんきゅ〟だったら、どっちがいい？」

「そりゃあ、もちろん何も言わない方がよっぽどマシだ」

「えーっ、マジで？　あの口下手でカタブツのオヤジが、頑張ってお礼を言おうとして、ちょっと照れ隠しをしたせいで、何も言わないよりも相手をムカつかせてるの？　こんな切ない話ってある？　はははは」

「だって、あの顔で、〝さんきゅ〟だで？　考えただけでムカムカする」


話を聞いていると、この〝さんきゅ〟はもう半年ほど続いているそうで、最近は何かしてあげるたびに内心で「また〝さんきゅ〟が来るぞ……来るぞ、来るぞ」とビクビクして構えているらしい。そして案の定、〝さんきゅ〟が来たら、ぐぐっと奥歯をかみ締めてこらえているらしい。

父親はそんなこととはつゆ知らず、今日も〝さんきゅ〟を連発しているのだ。彼なりの感謝を込めて、良かれと思って。

照れ隠しって、この世でいちばんいらないものなのかもしれない。照れ隠しで隠しきれている「照れ」なんか、この世に何一つないのかもしれないなと思った夏である。

ちょっと変な思い出として残したい

レンタルなんもしない人への依頼人

〝レンタルなんもしない人〟という、自分を何もしない人として貸し出す仕事をしている青年がいるらしいことは知っていたけれど、個人的には「広い世界のどこかにはそんな仕事もあるのか」と思うくらいで、あまり深く考えたことはなかった。

先日、「ＪＡＦ Ｍａｔｅ」という機関誌でその彼が書いているエッセーを目にした。「幸せとは何か」というテーマで毎回違う人が書いているコーナーのようで、彼はその文章の中で、人生の節目に立ち会うことは多いし、人間心理の深い部分に触れることもあるけれど、期待されているほど人の幸せについて何か言えるようになっていないと言い、「幸せ」「不幸せ」ではなく、「ポジティブ」「ネガティブ」という表現なら、もう少し何か言えそうだ、と続けていくつか実際にあった依頼を例に挙げていた。

例えば、「一人だとただの暗い記憶にしかならなくて悔しい。人をレンタルすることで、あのとき変な人と行ったなぁと、ちょっと変な思い出として残したい」という理由で、離婚届提出の同行の依頼があったのだそう。

これを読んで、なるほどと思った。離婚届提出の同行を頼めるのはよほど仲の良いやさしい友人くらいのものだと思うけれど、仮に同行してもらっても、その友人との付き合いはこの先も続くだろうから、となるとそれはむしろ自分の〝嫌な記憶〟を、友人の脳という外付けのハードディスクにまでもコピーして保存しているような状態なわけで、それでは嫌な記憶が薄まるどころか、逆に自分から増幅してしまっているような感覚さえするだろうと思う。

彼はそのエッセーの最後を「100パーセントのネガティブさを感じる状況であっても、一人の他者の存在を置くことで客観視できて、そこに数パーセントの面白みを見出すことができるのではないか」といった内容で、結んでいた。

たしかに、完全にプライベートな出来事の中に、赤の他人がいるという奇妙な状況は、自分で客観的に面白がったら、相当面白い。人間の心理の深淵(しんえん)を覗(のぞ)き込むような彼の仕事の存在意義が初めて少し分かったような気がした。

今日、水のはじきいいな！

関根勤
『この差って何ですか?』

『この差って何ですか?』（TBS　2020年1月7日放送）で、「褒め方が『上手な人』と『そうでない人』の差」をやっていた。上手な褒め方の例として、ただ褒めるのではなく「前から思っていたんですけど……」といった一言を足す、「○○さんが、君の仕事ぶりがすごかったって言ってたよ」と第三者の名前を出して間接的に褒める、などの方法が紹介されていた。

そして、最後に褒めの達人である関根勤さんが、でも大前提として本心から褒めていないと伝わらないですよと付け加え、「だから、訓練すればいいと思うんですよ。何でもいいんですよ。自分でシャワーした後に〝今日、水のはじきいいな！　おれの皮膚！いいぜ！　頼むぜ！〟って。訓練。そうしたら自然な表情で褒めることができるようになるから」と言って笑った。たしかに、1日に30分間とにかく褒め言葉しか言わないタイムを設けてみたら面白いかもしれない。

余談だけれど、私は関根さんと誕生日が同じで、物心ついた時から星占いを見かけるたびに内心で「じゃあ、関根さんもかあ……」と思っている。2020年は直感を信じるといいらしいですよ、関根さん。

COLUMN

03

言葉とヒット曲

たまにインタビューを受けている時などに「ヒット曲の作り方ってあるんですか?」と聞かれることがある。もちろん、それが分かっていたらこちらも苦労しない。なので、「いやあ、結果論として過去にヒットした曲にはこういう共通点がありました、というのはあるかもしれませんが、それを踏まえて作ったからって、明日もそれがヒットするかは別問題ですから。逆に言えば、こうすれば間違いないという、教科書がないから音楽作りは楽しいいんだと思いますよ……」などと言葉を濁すことになるのだけれど、私はこのような質問に答えている最中、ずっとヒット曲の「ヒット」という言葉に内心で引っかかっている。

というのも、野球でいうところの「ヒット」は、あくまで単打であり、打者は一塁までしか行くことはできない。しかし、音楽における「ヒット」とは、意味的には「ホームラン」を指しているように思うのだ。

ホームランはそれ1本で1点が入る。でも、ヒットは違う。打者が塁上にランナーとなって残るだけで、点数的には0点である。もう1本ヒットが出れば、ランナーは一、二塁となり、そこからさらにもう1本ヒットが出れば、二塁にいたランナーが一生懸命に三塁を駆け抜け、捕手のタッチをかいくぐってホームにすべりこんでようやく1点が入る。つまり、単打のヒット3本でようやくホームラン1本と同じ得点になるのである。それも、いつまでもランナーが塁上に残っていても良いわけではない。スリーアウトとられてしまったら、ランナーはリセットされていなくなってしまうのである。

イメージして欲しい。ある程度のキャリアのあるミュージシャンは前に放ったヒットによって、塁上にランナーが数人いる状態だと言っていい。だから次も手堅いヒットでもその度にしっかり1点が入るのだ。しかし、新人は違う。1点取ろうと思ったらホームランを狙わねばならない。それはもう、打席に入る時の気分も、狙い球も違うし、スイングも大振りになる。もはやすべてが別物だと言っていい。新人がインパクトを重視した曲をリリースしがちなのは、それが「ヒット」をねらっているのではなく「ホームラン」を狙っているからである。とにかく点を入れないことには敵に勝てないからである。

この世に「ヒット曲」という言葉はあるのに、「ホームラン曲」という言葉はないから、その辺の感覚がなかなか相手に上手く伝えられなくて、インタビューで急にヒット曲について聞かれても、答えるのが難しくなる。

たぶん、私は野球部だった経験があるので、なおさらこんなことを思うのかもしれない。野球というスポーツでは、俊足巧打のバッターはバットを短く持って野手の間を抜くようにボールを転がして打つから打率が高かったりする。逆にパワーヒッターは常にバットを長く持ち、豪快なスイングでホームランを放って観客を魅了する。こういうパワーヒッターは打率こそ低いが、打点とホームラン数が多く、打順的にも勝負どころで打席が回ってくることも多く、いわゆるスーパースターの系譜であるといえる。と、私は野球の話を書いているだけなのに、「これらは音楽界のメタファーです」と言われたら、とたんに俊足巧打の打者ってあのバンドかな、パワーヒッターってあのアーティストかな、みたいに誰かしらの顔が何となく思い浮かんでくる感じがしないだろうか。

お笑い芸人の世界には一発屋という言葉があるが、そういえば野球ではホームランのことを「一発」と言ったりする。キャッチーなネタでブレイクしても、トーク番組でうまく立ち振る舞えないとテレビの世界で活躍し続けるのは難しいと聞く。長く活躍している芸人の話しぶりは、まるでトークの中でコンスタントにヒット（単打）を打ち続けてるかのように見える。エンターテイメントの世界は意外と野球に例えられるのかもしれない。

CHAPTER | 04

CHAPTER｜04

ほら　もうこんなにも幸せ

『ハルノヒ』歌詞　作詞：あいみょん

あいみょん

『関ジャム完全燃SHOW』の収録であいみょんに初めて会った。その回はシンガー・ソングライター特集で、私とmabanuaさんがプロのクリエーターの視点で、あいみょんにあれこれ質問してシンガー・ソングライターの曲作りや私生活に迫るという趣旨だったのだけれど、あいみょんという生き物が規格外の天才肌で、私たちの質問がほとんど機能しなくて笑ってしまった。いや、確かに打ち合わせの段階から、私も番組のスタッフに「一応、彼女への質問を考えはしましたが、おそらく彼女は感覚でやっているだろうから、変に考えすぎたりこちらに話を合わせたりしないでと、くれぐれもお伝えくださいい」と添えていたのだけれど、そんな心配はまったくの杞憂で、こちらが思っていた何十倍も、本当に気持ちいいくらいに感覚で音楽を作っている、自然体のすてきな女性だった。

彼女の話を聞いていて、つくづくバランス感覚がいいなと思った。アルバム『瞬間的シックスセンス』で言えば、『マリーゴールド』に代表されるようなメジャーシーンで広く聴かれるようなシングル曲を作るポップセンスと、『ｆｒｏｍ 四階の角部屋』のようなとがった感性で描かれるダメな恋愛の歌を作れるセンスとが、何の違和感もなくまったくの並列で存在している。

本来、この二つの間には、黄河ほどの大きな見えない川が流れていて、ほとんどのアーティストはこの川をうまく渡りきれずに途中で沈没したり、一度渡ったが最後、二度と元の岸に戻れずに本来の居場所を見失ったりすることがよくある。でも、彼女はこの両岸を、まるで近所の小川で水遊びでもするようにひょいひょいと楽しそうに飛び越えてみせる。そんな感じがする。

『ハルノヒ』は、『映画クレヨンしんちゃん 新婚旅行ハリケーン ～失われたひろし～』の主題歌。言うまでもなく子供も大人も見るメジャー映画だが、彼女は当然のようにそこに完璧にアジャストしている。個人的にはサビの「ほら　もうこんなにも幸せ」というフレーズが好きだ。きっと誰もがそう言える人生を探している。

強い力で消毒した結果、何も住まなくなった感じ。

伊集院光
『伊集院光とらじおと』

伊集院光さんが『伊集院光とらじおと』（ＴＢＳラジオ）で、最近のテレビがつまらなくなったという話をしていて、「結局、強い力で消毒した結果、何も住まなくなった感じ。最近のテレビがつまらなくなったって人は離れていくし、たぶん抗議してやめさせた人たちもそれで離れていくわけでしょ、結局。消毒しきった結果、その池には何も住まない、誰も寄らない」と言った。ものすごく的確な表現だなと感心した。

でも、私はテレビがつまらないと思ったことは一度もない。むしろ、いつも面白いなあと思って見ている。というのも、今も昔もテレビは〝世の中〟を映す箱だと思っているので、仮にそこに映っている番組がつまらなかったとしても、それは今の世の中のつまらなさを反映しているのだから、こんな形でつまらなさが現れるのだな、という感じで面白がっているのである。

強い力で消毒されているのは別にテレビの世界だけではない。私たちの身の回りも同じだと思う。会社ではパワハラだのモラハラだの時短ハラスメントだのと〇〇ハラスメントが増え続け、友人関係でも常に空気を読まねばならず、自分がやりたくてやっているはずのSNSも他人の目を気にして投稿して、そんな、誰もが誰かの審査員と化した現代において〝世の中〟を映す箱であるテレビが、強い力で〝消毒〟されてしまうのは当然のことだろうと思う。それを面白がるか、ただつまらないと嘆くか、その選択肢しか私たちには残されていないのだから、私は前者でありたいなと思うのである。

私たちに正義の心がある以上、それはつまり皆が心に消毒液を持っているということだと思う。大事なのは、その消毒液を〝心の潤い〟でどれだけ希釈できるかで、間違っても原液のまま振りまくような人間にはなりたくないものである。

パワーしゅんでる

ブラックマヨネーズ　小杉竜一

『村上マヨネーズのツッコませて頂きます！』

『村上マヨネーズのツッコませて頂きます！』（関西テレビ）で、スピリチュアル雑誌『月刊ムー』の公式ショップを取材していて、そこで販売している人気商品〝ピラミデオン〟を紹介していた。説明によると、「エジプト名産のアラバスターといわれる石をピラミッド型に加工した置物で、一般人には未公開の場所、クフ王のピラミッドの中心にある女王の間の中央に、〝2時間置かれた〟」ものなのだそう。それを聞いた小杉さんが「2時間？　何それ、パワーしゅんでるなってこと？」とツッコんでいた。

「しゅんでる」は関西弁でいうところの「味がしみている」みたいな言葉である。たしかに、改めてそう言われると「たかだか2時間……？」とも思うけれど、いわゆるパワースポットに出かけてものの数秒そこで目を閉じただけで「いやー、パワーもらったわー」などと言う人たちに比べたら、この置物はだいぶ「パワーがしゅんでる」のかもしれない。

もし2時間がパワーがしみるのに十分な時間ということなのだとしたら、これからはもしも何かいいことがあったら、「おや？　最近、2時間以上同じ場所にいたっけ？」と、考えてみようと思う。それが例えば映画館の〝G-24〟という席だったなと思ったら、そこがつまり自分にとってのパワースポットかもしれない。なので、いつか嫌な出来事が続く日が来たら、またその席で映画を見てみる。そうしたら、再びパワーをもらえるかもしれない。と、まあ、信じるか信じないかは、あなた次第ですが。

さ、ひっくり返そう。

そごう・西武の正月広告

そごう・西武の正月広告のコピーがいい。まだこんな誰もやっていない手法があったのかと素直に驚いた。その広告は、幕内最軽量力士である炎鵬関の写真の横に、大きく「さ、ひっくり返そう。」とあり、それに加えて小さな文字でこのような文章が書かれてある。

大逆転は、起こりうる。
わたしは、その言葉を信じない。
どうせ奇跡なんて起こらない。
それでも人々は無責任に言うだろう。
小さな者でも大きな相手に立ち向かえ。
誰とも違う発想や工夫を駆使して闘え。
今こそ自分を貫くときだ。
しかし、そんな考え方は馬鹿げている。
勝ち目のない勝負はあきらめるのが賢明だ。
わたしはただ、為す術もなく押し込まれる。
土俵際、もはや絶体絶命。

この文章を上から読むと普通にネガティブな内容であるが、これを上下〝ひっくり返して〟一番左から1行ずつ読むと、一転してかなりポジティブな内容に変わる。何だろう、この手品みたいな仕掛けは。回文のように〝文字〟を逆から読むという発想はあっても、〝1行ずつ〟逆から読むという発想は、なかなか思いつくものではない。

ふと、この広告を見た瞬間、これをメロディーに乗せて歌にしたら面白いかもしれないと思った。1番はマイナーキーの暗い曲調で上から普通に歌い、2番は明るいメジャーキーに転調して1行ずつ逆から歌う。最初は訥々（とつとつ）とした弾き語りなのに、曲の進行にあわせてどんどん壮大なオーケストラアレンジになっていく、なんてのもいいかもしれない。どうだろう。誰かやってみてくれないかしら。

その人を三つのワードで例えられたらいい

ファーストサマーウイカ

『あちこちオードリー～春日の店あいてますよ？～』

『あちこちオードリー～春日の店あいてますよ?～』(テレビ東京 2020年7月7日放送)で、ファーストサマーウイカさんが自身の下積み時代から現在までについて話していた。彼女いわく、売れている人を研究した結果、「その人を三つのワードで例えられたらいい」という法則のようなものを見つけたのだそう。オードリー春日さんなら「ピンクのベスト、1:9分け、トゥース」というように。そこで彼女は「かきあげ前髪、関西弁、ヤンキーキャラ」と並んだ時に自分が連想されるように、自分自身をアイコン化していったのだそう。群雄割拠のアイドル戦国時代を生き抜いてきた彼女らしい視点だなと感心した。

私もかつて新人アーティストをプロデュースするときなどに、同じようなことを考えたことがあって、よく「どんなランキングでもいいから1位をとろうぜ!」と言っていた。それが「Apple Music デイリーロックチャート、1位」とかならもちろん最高だけれど、そんな大そうなものでなくても、「カップラーメンを待つ時間に聞きたい曲1位」でも、「鼻毛を抜きながら聞きたい曲1位」でもいい。いや、そんなランキングがあるかは知らないけれど。でも、どんなランキングであれ、「1位」というワードには、ちょっと聞いてみようかなと思わせる不思議なパワーがあることは確かだ。

とはいえ、どんなランキングであれ、順位は操作できるものではないので、1位をとるための明確な手立てがなく、結局はとにかくいい曲を作ろうぜ、みたいな漠然とした着地になってしまうだけだった。

その点、彼女の「三つのワードで」というのはよくできている。まず、自分自身でやり方を完全にコントロールできるのがいいし、さらに「三つ」というのが柔軟でいい。「かきあげ前髪といえば誰？」「関西弁といえば誰？」「ヤンキーキャラといえば誰？」という、それぞれのランキングのどれも1位でなくてもいいのである。10位でも20位でもいい。その三つを〝合わせた時〟に思い浮かぶのが自分一人であればいいのである。これは明日から誰もが試せる「人の印象に残る自分」を手に入れる方法のひとつではないかと思った。

成美さん（LOVE）成美さん（LOVE）そういつまでも　かわらないMyエンジェル

木梨憲武

『I LOVE YOUだもんで。』歌詞　作詞：木梨憲武

メロディーに歌詞を乗せるという行為は、どうしても聞き手を選別してしまう。失恋の歌は失恋した人の心に響くものだし、夢を追う自分を奮い立たせる歌は同じような境遇の人に響くものだし、孤独な歌は孤独を感じている人に響くものである。もしもメロディーに歌詞が乗ってさえいなければ、純粋に音楽として聞けたかもしれない楽曲が、歌詞がついたことで聞き手を選ぶようになってしまうのは、作詞において逃れることのできない宿命のようなものである。

そのため作詞はなるべく多くの人にあてはまるような描写やエピソードが描かれがちになる。間違っても曲中で、〝今この歌で歌われている「あなた」は、30代後半の身長180㎝の面長の男性で、昔はやんちゃしていたけど今はとても真面目に仕事をしており、横浜生まれの横浜育ち、元カノと別れたのは一カ月前、女友達は多いほうで、髪の

毛はサイドをツーブロックに刈り上げ、普段からこだわりのオーダースーツを着ています〟みたいな細かな人物説明がなされることはまずない。

「私の私の彼は左利き～」と歌っただけで、世の中の半分以上の男性に当てはまらなくなってしまうような歌の世界において、個人が見えるような細かい描写よりも、お互いの恋愛感情の部分だけにフォーカスした作詞をするほうが賢明なのである。

木梨憲武さんの『I　LOVE　YOUだもんで。』を聴いた時は驚いた。Aメロの冒頭から、銀行に行きたくないとか、親の墓のことを任せきりだとか、テレビ見ながら8時前に寝ちゃってもタオルケットを肩までかけてくれる、みたいな個人的なエピソードばかりが並んで、サビでは「成美さんLOVE」と奥さんの実名で歌われる、これ以上ないくらいに個人的な歌である。

でも、思った。むしろ、ここまで具体的に書いたことで、この歌はいわゆる熟年夫婦の心には響いたのではないか、と。長年連れ添った奥さんへの愛の歌は、いわゆる一般的な最大公約数みたいなラブソングでは、到底語り尽くせないだろう。歌にもならない小さなありがとうの無数の積み重ねが熟年夫婦の愛の歌としては正解なのかもしれない。

こんな歌を真正面から歌えるなんて、本当にすてきなご夫婦である。今頃、日本のどこかで、この歌の名前やエピソードを替え歌して、自分の奥さんに歌っている旦那さんがいたらすてきだなあと思う。

全力マン

アンタッチャブル　山崎弘也

『スクール革命！』

『スクール革命！』（日本テレビ　2019年2月24日放送）でのこと。「クイズ！　できる？　できない？」の中で「ナマケモノはいざとなったら素早く動けるか？」という問題が出題された。それに対して〝できる〟の札をあげたザキヤマさんは、「怠け者は怠けているだけですから。自分の命が危ないってなった時、一番早く逃げられるのは意外に怠け者ですから」と答えた。でも、正解は「できない」。するとザキヤマさんは「じゃあ、怠け者じゃないじゃん！　全力で生きてるよ、あいつ！　全力マンだよ！」と言った。

ミツユビナマケモノは1日の8割は動かず、食事も1日に木の葉を約8グラムだけ、1週間に1度排泄(はいせつ)のために地上に降りる。そんなひっそりとした暮らしを、彼らは全力でやっている。もしも動物が訴訟を起こせたとしたらナマケモノは、不名誉な名前をつけたとして人間たちを訴えることができるだろう。それでも、たぶん彼らが求める損害賠償は喫茶店のランチセットについてくる気休め程度のサラダ分くらいの木の葉でしかないだろうけれど。

ナマケモノはいつも全力。いつもがんばっている。これからは彼らのことを見る目が変わりそうである。

だから毎日面白い、イエイ!

はちみつきんかんのど飴CM曲
ノーベル製菓株式会社

アン・ルイスさんの『六本木心中』を初めて聴いた時、Aメロの1行目「だけど……こころなんてお天気で変わるのさ」という歌詞にものすごい衝撃を受けたのを覚えている。まだ何の歌かも分からないのに、一言目が「だけど」である。飲み会なんかで、初対面なのに「私ってぇ、辛い食べ物苦手じゃないですかぁ〜」みたいな話し方をしてくる人がたまにいるが、接続詞始まりの歌というのは、これと同じ「ご存じ、私」という謎の圧のようなものを感じる。

そして、はちみつきんかんのど飴のCM。普段何げなく耳にしているが、これも接続詞始まりの歌詞だ。この歌にもやはり「当然、毎日面白いって思ってるよね」という圧のようなものが潜んでいる気がする。

この曲が普通の曲であればインパクトもあってすてきな歌詞ですね、でおしまいなのだが、CMソングという特性上、この曲がもしかしたら偶然、ドラマの殺人シーンの後に流れることがあるかもしれない。その時の「だから毎日面白い、イエイ!」は、かなり面白いことになる気がするなあと、ふと思った。イエイ。

君は脳の手術を受けた

映画『スウィート17モンスター』

教師ミスター・ブルーナーのセリフ

映画『スウィート17モンスター』が良かった。思春期をこじらせた厄介な性格であるがゆえにクラスで孤立している主人公の女の子ネイディーンとその教師であるミスター・ブルーナーの間で交わされる会話がとても粋だった。

いちばん印象的だったのが、唯一の親友クリスタがネイディーンの兄と付き合い始めたことにショックを受けて授業中に居眠りをするシーン。ミスター・ブルーナーは彼女の居眠りを授業終了まで見逃し、教室から生徒がいなくなったところで「ネイディーン、君は脳の手術を受けた。明るい性格に生まれ変わったよ」と耳元でささやいて起こす。なんて粋なジョークだろう。私の友人にも夜中の居酒屋で悩みや愚痴をさんざんわめき散らした揚げ句、酔っ払って眠り込む人がいるが、今度からはその人の耳元でこう言って起こしてあげようと思った。

ごきげんですね〜

オードリー　若林正恭
『激レアさんを連れてきた。』

『激レアさんを連れてきた。』（テレビ朝日　２０１８年1月22日放送）の「重油まみれで瀕死状態だった２５０匹のコイをマウス・トゥ・マウスで蘇生させたサラリーマン」の回でのこと。

体験者のコバヤシさんが、「オスよりメスの方がマウス・トゥ・マウスしたときにテンションが上がる」という話をし始め、そのあと意気揚々と「コイに恋してしまったんですね〜」と、ダジャレを言った。それに対して、オードリー若林さんはニヤニヤしながら「ごきげんですね〜」と返した。うわっ！　と、その瞬間、目からウロコが落ちた。

というのも、私は日頃から年上の人のダジャレに悩まされていて、ダジャレにどう対処するのが正解なのか、思案していたのである。もちろん相手が場を盛り上げようと思って言っているのは承知しているので、何も悪い気はしないのだけれど、いかんせんダジャレというのはそれ自体で完結しているので、どんな言葉を返していいのか分からず、ダジャレに出合うたび金縛りにあったように固まって苦笑していたのである。

ダジャレに対して「ごきげんですね〜」はすごい。相手を傷つけずにすべてを丸く収める、なんて完璧な返しだろう。決めた。明日からはこう言おう。でもなあ。ダジャレを言う人って、一回の会話で何発も言ってくるからなあ。そのたびに「ごきげんですね〜」は、どうなんだろう。それはそれで感じが悪い気もする。いやあ。何かいい返しはないものかしら。

鬼残し

木下優樹菜

『ホンマでっか!?TV』

『ホンマでっか!?TV』(フジテレビ　2018年4月25日放送)でのこと。現役女子高生が、今の「スゴい」の最上級は「鬼パリピ」だと紹介していた。少し寒い時は「鬼寒い」、もっと寒い時は「鬼パリピ寒い」と言うのだそう。それを聞いた木下優樹菜さんが「私がギャルだった頃に〝鬼〟が生まれてこの時代に鬼をまだ使ってくれている、鬼残しがすげえうれしい」と言った。

女子高生の流行というのは移り変わるスピードが速すぎて、常に残像を見ているような感覚がする。少し前は女子高生のあいさつは「卍」だと聞いた気がするけれど、今は「いい波乗ってんねぇ〜」なのだそう。本当だろうか。初めて聞いたが。でも、このあいさつすらおそらくもう残像で、日本のどこかでまた新しいあいさつが生まれているのだろう。そんな中で「鬼」という言葉の生命力たるや、マジ鬼パリピやべえじゃん。

面倒くさいコトが幸せなんだよ

所ジョージ
『所さんの世田谷ベース』

『所さんの世田谷ベース』（BSフジ）で、所さんは自分のバイクを直したり、モデルガンをいじったり、プラモデルにアルミテープをひたすら貼ったり、ガラスの牛乳瓶に白いソフトビーズを詰めたり、庭でとれた桑の実でジャムを作ったり、様々なことをしている。毎度、見るからに面倒くさいことを、所さんは喜々としてやっていて、CMに入る時には、画面に「面倒くさいコトが幸せなんだよ」の文字が流れていく。

なるほど。たしかに、思えばこの世は面倒くさいことばかりである。旅行に行きたいと思っても、行き先を決めて、宿を調べて、交通チケットを取って、荷造りをするのは、そこまで旅行が好きではない私にとってははっきり言って面倒くさい作業である。

同じように、自分がいくら野球が好きだからといって、いざ草野球をやろうと、仲間を集め、ユニホームや道具をそろえ、スケジュールをすり合わせ、球場を押さえ、審判と相手チームを手配する、なんてことは考えただけでも気が遠くなる。でも、きっと本物の旅行好きや野球好きはこれらの煩わしいことを何とも思わないのだろう。

そう考えると、その人らしさというのは、「何を面倒くさいと思わないか」に色濃く出ているのだろうなと思う。おそらく私が生業にしている「作詞」という仕事も、興味のない人にとってはものすごく面倒くさいことに違いない。でも、私は歌詞を書くことを今日もただ面白いと思ってやっている。


もうすぐ春。今年もまたたくさんの新社会人が世に出ていく。就職の段階で自分のやりたいことが見つけられた人は本当に幸せだが、はっきりと見つけられないままに何となく職場を決めた人も多いだろう。

もしかしたら、すぐに辞めたいと思ってしまうかもしれない。本当に転職を考えるなら、自分がやりたいことは何なのかと悩むのではなく、「他人には面倒くさいはずなのになぜか自分にとっては面倒くさくないこと」を考えてみるといいかもしれない。天職というのはその先にしかないような気がする。

ねじれた性根が　今さら治んねえ

ポカリスエットCM

「汗は君のために流れる」歌詞　作詞：朝日廉

ポカリスエットのCMは攻めているなあと思う。今回は高校生が校舎で踊りながら叫ぶように歌う。その歌詞が「かなりの癖っ気で　ねじれた性根が　今さら治んねえ　それでも叫んでみてえ」である。可愛い女の子がべらんめえ口調で歌う姿はインパクト十分で、ああ、たしかに自分も高校生の頃はこんな風にえたいの知れない息苦しさを感じていたなあ、と思い出した。

有名人のニュースなどがあると人はそれを〝結果〟として扱いたがる。それまでに彼にはこんな予兆があった、思えばあの頃からおかしくなり始めた、みたいな扱い方をワイドショーもよくするからなおさらだ。でももちろんその後も当人の人生は続いてゆくわけで、何がどうあれその出来事はあくまで〝過程〟である。

これは有名人に限らず、町内のちょっとした井戸端会議も同じかもしれない。何丁目の誰それが借金した、離婚した、病気になった。小耳に挟んだうわさ話を共有しているだけのように見えて、その口調はどこか〝あーあ、やっちゃった〟的な〝結果〟として扱っている感じがする。大人になると、毎日が繰り返しになって、変化だとか冒険だとか挑戦だとかとは縁遠い毎日を送りがちだからなのだろうか。とかく大人という生き物は、誰かの身におとずれた急な変化を〝過程〟ではなく〝結果〟として捉えたがるよなあと思う。

しかし、こと相手が高校生となると、大人たちはとたんにすべてを〝過程〟として扱いたがる。「君らの性格も進路も全部が〝過程〟で、これから先いくらでも変わるし変えられるさ」というスタンスで延々と接してくる大人たちに、私も昔は内心で嫌気がさしていた。

自分らしさをいちばん見つけたい年頃なのに、頑張ってやっと見つけた個性すらも〝過程〟として雑に扱われる無念さときたらない。それがたとえ、妙ちくりんな髪形や服装だとしても、自分にとっては現時点の〝結果〟には変わりない。やっとたどり着いた今を誰かに認めてほしいだけなのだ。

この歌詞の「今さら治んねえ」は、「子供だからって何でもかんでも〝過程〟じゃねえんだよ。あんたが何と言おうと、これがあたしにとっての〝結果〟なんだよ！」という思春期の心の奥に無意識のうちにしまわれた、まだ名前のついていなかった感情にビシッと名前をつけたような、良いフレーズだなと思った。

私は私に誓います

『ゼクシィ』CM
リクルート

結婚情報誌『ゼクシィ』の新しいCM。結婚式当日に式場に向かうまでの身支度の様子、控室での準備、式の本番と映像が移り変わり、その後ろで青葉市子さんが歌う「あなたと　幸せになることを　私は私に誓います」というフレーズが流れる。とても幸せそうなCMで、一見何もおかしなところはないのに、このCMを見るたび、何だか胸がざわざわする。

この違和感の正体は何なのだろうと考えた時、やはり「私は私に誓います」の部分にあるのではないかと思った。教会すなわち神様の前へこちらから出向いていって、「（神様ではなく）私は私に誓います」というのが、ちょっとびっくりというか、本当にこの女の子は幸せになれるのかな……と心配になってしまうのである。

私はＳＮＳみたいなものは一切やっていなくて、それはひとえに「私の日常なんかに誰も興味ないでしょうに」という理由に他ならず、もし仮に私に興味のある物好きな人がいらっしゃったとしても、私の気分次第ででたらめに移ろう発言なんかにその人の貴重な時間を費やして頂くことがこの上なく申し訳ない、と思ってしまう。この連載の最後のちょっとしたコラム部分ですら、毎回何を書いたらいいのか悩んでいるほどである。そんな調子なので、周りにいる毎日ＳＮＳを楽しげにやっている人たちのことを、どこか宇宙人を見るような感覚で眺めている。

そんな、自己承認欲求高めの、自分をいちばんに大切にする傾向の強い今の時代に、この「私は私に誓います」という言葉はとても合っていると思うし、広告コピーとしても美しいと思う。でも、さすがにそれを神様の前で言うのは……マナー違反じゃない？もし天使たちがＳＮＳをやっていたら炎上騒ぎになっているのでは？

これ、おいしい印やで

街頭インタビュー

『やすとも・友近のキメツケ！※あくまで個人の感想です』

『やすとも・友近のキメツケ！※あくまで個人の感想です』（関西テレビ　２０１9年12月3日放送）でのこと。「親やってウソついてまう」というテーマで街頭インタビューをしていて、若い主婦が「半額シールの付いている商品を〝これ、おいしい印やで〟と子供に言っている」と話していた。何ともすてきなウソである。

認知心理学には、「人は損のインパクトを、得のインパクトの約2・25倍強く感じてしまう」という、プロスペクト理論と呼ばれるものがある。これを少し分かりやすく言うと、〝４５０円のお刺し身が夕方になって半額で買えた！〟という２２５円分の得の心理的インパクトは、〝隣のスーパーなら１００円安くみそを買えたのに！〟という１００円分の損の心理的インパクトに等しい、ということである。つまり、人間という生き物は「得」よりも2倍以上、「損」に対して敏感な生き物だということである。

インターネットで買い物をするとき、気になるのはコメント欄だ。とはいえ、ほとんどの商品が星五つをつけた人もいれば星一つをつけた人もいるという混沌（こんとん）とした状況なので、コメントを頼りにして品定めしていると、読めば読むほど、どうしたらいいのか分からなくなってくる。

そんな時、このプロスペクト理論を思い出すことにしている。たぶん星一つをつけた人は何かしら自分にとっての不都合があって、それが損のインパクトだから余計に感情的になっているんだ、と思うと、コメントの文章を冷静に読むことができる。おかげで買い物の失敗が結構減った気がしている。

尊い 尊い 尊い 尊い

Beverly

『尊い』歌詞　作詞：岡崎体育

岡崎体育さんが作詞・作曲のBeverlyさんの新曲『尊い』。A・Bメロから岡崎体育〝節〟の言葉のセンスが冴え、サビでは歌詞にあまり使われることのない「尊い」という言葉が連呼される。「尊い 尊い 尊い 尊い キミの横顔 ホクロ 仕草のすべて」という、違和感だらけの歌詞を完璧に歌いこなすBeverlyさんの歌唱力が素晴らしく、結果的に〝良い違和感〟のキャッチーさが生まれている。

彼女のイメージでいけば、この「尊い 尊い 尊い 尊い」の部分には、「Baby Baby Baby Baby」みたいな言葉が入るのが自然なんだろうと思う。しかし、それではいかにも似合いすぎていて、聞く者の耳を何事もなく素通りしてしまうだろう。

歌詞には〝いかにも歌詞っぽい歌詞〟というのがある。例えば「真夜中、冷たい風、流れ星、涙、あなた、ため息、言えない言葉、サヨナラ」という具合に、いかにも歌詞に出て来そうな言葉をつらつらと羅列しただけで、歌っぽいものが自動的に出来上がってしまう。最近は作詞をするＡＩがあるらしいけれど、人間がこんな凡庸な作詞をしていたらＡＩにも勝てない気がする。

個性的な歌にするためには、やはり自分だけの「歌詞っぽくない言葉・言い回し」を入れるセンスと勇気が必要なのである。その勇敢な作詞を可能にするものが、歌い手の「高い歌唱力」である。歌唱力がなければ、歌詞っぽくない歌詞は悪目立ちして、ただの悪ふざけに聞こえてしまうだろう。とはいえ、本格派のシンガーほどいわゆる王道の、歌詞らしい歌詞を好んで歌う傾向にあるから、このBeverlyさんの『尊い』みたいなタイプの曲が増えたら、日本の音楽ももっと楽しくなるのではと思った。

ぐーっと＄？□＆▽％＋

前田日明

『有吉反省会年末SP』

『有吉反省会年末ＳＰ』（日本テレビ　２０１８年12月29日放送）でのこと。元プロレスラー前田日明さんの若かりし頃の試合後のマイクパフォーマンスやインタビュー映像が流れ、あまりの滑舌の悪さに画面のテロップが記号だらけになっていた。ＶＴＲを見終えたあと、有吉さんが「ご自身は分かりますか？」と尋ねると、前田さんは「分からないですね」と即答した。驚いた。

ものすごく字が下手な人のメモは、他人は読めなくても本人はすらすら読めるものだ。話が下手な人の話も、他人には伝わらなくても、自分では何を言っているかは当然分かっているものだろう。

そんな風に、プロレスラーの滑舌も、他人には分かりにくくても、自分は聞き取れる類のものだと思っていた。でも、違った。へえー。やっぱり、あれって自分でも聞き取れないのか。じゃあ、その謎の言葉に拳を突き上げて歓声を上げていたプロレスファンは、いったい何にリアクションしていたのだろう。そう考えると、言葉の領域を越えた、ものすごくピュアで美しい、心と心のコミュニケーションだなあと思った。

何コレ？　すっごーい！

50TA

『ラブアース』歌詞　作詞：50TA

狩野英孝さんが音楽をやる時のアーティスト名である50TA。かねてから50TAのファンだったのだけれど、『ロンドンハーツ』（テレビ朝日　2020年5月26日放送）で披露された新曲『ラブアース』が素晴らしかった。あまりの衝撃で、何回もリピートして聞いてしまった。

「世界を勇気付ける歌」というお題のもとで書かれたこの歌は、基本的には特に珍しい言葉が出てくるわけでもなく、とてもクリーンで前向きな言葉選びがなされている。でもこれは、ある意味で自然なことだと思う。たくさんの人に当てはまるように書くということは、どうしても大きくて広い意味の言葉を使わざるを得ないのだから。

問題はサビの終盤だ。「ふんばって　胸はって　感じたことない力が　体中からあふれてくる」と来たあとに、「何コレ？　すっごーい！」と歌われる。まるで、それまでのお行儀の良い言葉たちが、壮大な前フリに聞こえてしまうほどの途轍もない破壊力である。こんなにもフリとオチが効いた歌は聞いたことがない。聞いているこっちが、もう「何コレ？　すっごーい！」である。

これまでにも自分を奮い立たせる歌は世界中にたくさんあって、「体の奥から力があふれてくる」みたいな内容の歌もたくさんあっただろうと思う。でもそれらの歌はどちらかというと、これまでの自分の努力や挫折の日々を回想して、「こんな失敗もあった、こんな挫折もあった、流した涙は数えきれない、でも今、そのすべてが私の力になっている」という具合に、「どのようにして今、力がみなぎったか」のプロセスの方にフォーカスするような内容が多かったような気がする。

でもどうだろう。料理番組でも、料理の作り方、プロセスだけを伝えて終わっているだろうか。最後に出来上がった料理を皆で食べて、感想を言うところまでがひとつのパッケージのはずだ。視聴者は、その料理の作り方もさることながら、最後の食レポ、感想を聞いてはじめて「自分も作ってみようかな」と思うものではないだろうか。

その意味でいくと、自分を鼓舞する歌も、沸き起こる力の「プロセス」の部分を歌うだけでは、表現としては不完全だったのかもしれない。自分の体の奥からあふれてきた得体の知れない力に対して、「何コレ？　すっごーい！」と、食レポさながらに感想を述べるところまで、歌詞も本来は書くべきだったのではないだろうか、と思ったのである。

彼の本業であるお笑いというのはたぶん、自分がやりたいことをやりきることがゴールというよりも、誰かに笑ってもらうことがゴール、みたいな部分があると思う。ドッキリにかけられて情けないほどジタバタしても、トークがうまく喋れなくても、ネタがすべっても、どうあれ最終的に相手が笑ってくれたら、それはそれで正解、みたいなところが少なからずあると思う。

50TAの歌は一見するとふざけたものが多いのに、そこまで本人がふざけているようには思えず、むしろ不思議なくらい真剣さの方が伝わってくる。笑われるなら笑われてもいいし、真っ直ぐにこの歌が届くなら、それもいい。そんな気概を感じる、彼にしか作れない、素晴らしい歌だなと思った。

非まじめ

森政弘（東京工業大学名誉教授　工学者）

『「非まじめ」のすすめ』

ロボット研究の第一人者である森政弘さんの著書『「非まじめ」のすすめ』（講談社文庫）が面白かった。私はこれまで、「まじめ」の反対側には「不まじめ」があって、その中間にはどちらともつかない、いわゆる「ふつう」みたいなゾーンが幅広くあって、すべての人はそのグラデーションの中のどこかに存在しているのだと思っていた。でも、そういった直線的な観点の外側に、「非まじめ」という観点があるのだと気がついた。

ここでいう「非まじめ」とはどういうものかというと、たとえば学生に〝揺れる電線に鳥が落ちずに止まっていられるのはなぜか〟という問題を出した時、まじめな学生なら、〝落ちそうになったらしっぽや首や羽などを動かして体の重心をずらして……〟というようなことを答える。不まじめな学生なら、大して考えもせず〝それが鳥だから〟などと答えるだろう。

では、「非まじめ」はどうかというと、〝飛べるから〟と答える。もし人間が電線に立とうものなら恐怖で体が硬直して簡単に落下してしまう。でも、鳥はもしもの場合は飛べるし、そもそも〝いつでも飛べばいい〟という心の余裕があり、体も心も柔軟だから失敗せずに止まり続けていられるのではないだろうか、と考える。

　言われてみれば、たしかに人間がもし二足歩行できなかったら、日々の暮らしの中でこんなにも立って暮らしてはいないだろうと思う。私たちは無意識で「もしもの場合は、歩けばいい」と知っているから、立っていられるのかもしれない。

　そして、それはつまり人生においても同じことが言えるような気がする。仕事で何か上手(うま)くいかないことがあって、強い向かい風が吹いていたとしても、転びそうになったら前でも、横でも、後ろでも、歩き出せばいいという心の余裕があることが大切なのではないか、と。絶対にここで転んではいけない、一歩たりとも後ろに下がってはいけない、などと思えば思うほどに体も心も思考も縮こまって、むしろ失敗をしてしまうものなのかもしれない。

　基本的にロボットというのはバカ正直といってもいいくらいに、非常に「まじめ」な動きをするものである。柔軟な遊び心みたいなものは人間ならではのものなのだろう。第一線でロボット制作に携わる人の目線で語る「非まじめ」の話は、人間とは何かを探るような興味深い話だった。

俺か、俺以外か。

ローランド

個人的に2019年の流行語の最有力候補と言っても過言でないホスト界の帝王・ローランドさんの「世の中には二種類の男しかいない。俺か、俺以外か」という名言。

彼の特異なキャラクターに持っていかれがちだけど、とても言葉に敏感で、ユーモアにあふれた人だと思う。この言葉も、とても有効な倒置法の使い方である。どこが話のポイントなのかが明確でキャッチーだ。

一般的に「話がつまらない」とか「おしゃべりが下手」と言われるような人が、こんな感じのことを言おうとしたら、「どこにも俺の代わりはいないぜー」とか「誰がなんと言おうと俺は俺だからさー」みたいに話すのではないかなと思う。しかし、これでは面白みもなく、相手にも「あ、そう」と流されてしまうのではないだろうか。

肝心なのは、何を伝えるかよりも、どう伝えるかである。伝え方にその人の「個性」が出て、その「個性」こそが自己紹介になって、相手との心の距離を近づけるのである。

自己紹介というのは何も「私の趣味はガーデニングで、特技は一輪車です」というように事実を伝えればいいというものではない。極端な話、これを「休日はベランダで岡本信人さんばりに葉っぱを摘んじゃあバリバリ食べてます。で、一輪車に乗って水をまいてまーす」と話されたほうが、聞かされた方としてはがぜん、興味が湧く。

ありきたりの自己紹介をすんなり言い終えてしまう人より、うまく出来ずにみんなからやんやつっこまれている人の方が、結果的に本当の意味での「自己紹介」が素早く終わっている、ということも多々ある。出会いの多い春。自分ならではの〝ちょうどいい違和感のある自己紹介〟を考えてみるのも楽しいかもしれない。

みっともない

司馬遼太郎

『日本人と日本文化』（ドナルド・キーン共著・中公文庫）

「「みっともない」というような美意識だけで治安が保たれている国は日本の他にはないのではないか」と司馬遼太郎さんは言っている。たしかに2018年になった現在、この武士道にも似た美学は時代の変遷とともに薄れてはきていても、今なお皆の心の中に根付いているような気がする。

宗教や独裁者による恐怖政治などではなく、美意識によって治安が守られているとしたら、日本はなんてすてきな国なのだろうと思う。もしかしたら、美意識が暗黙の規範となっている日本では、〝何を「みっともない」とするか〟で、その人のすべてが決まるのかもしれない。

熱湯風呂に入り、ザリガニに鼻を挟まれ、何度もドッキリに引っかかり、猛獣と戦い、むちゃくちゃな英語で堂々と世界を旅する出川哲朗さんが、世間から「みっともない」と思われていた時期を乗り越えて、ついに去年、嫌いな芸人ナンバーワンから好きな芸人トップ10にまで登りつめたのは、〝笑ってもらえないことが何よりみっともない〟という出川さんの芸人としての生き様・美学が世の中に伝わったからなのかもしれない。

漫画喫茶だ

有吉弘行
『マツコ&有吉 かりそめ天国』

『マツコ&有吉 かりそめ天国』(テレビ朝日 2018年3月7日放送)でのこと。ANAのファーストクラスを体験するVTRが流れる中、座席というよりもはや部屋と言うべき広いスペースを見た有吉さんが、「漫画喫茶だ」とつぶやいた。

たしかにサービスも食事も素晴らしいし、フラットに寝ることもできて機能的な席だけれど、冷静に考えたらこれは漫画喫茶と大差ないのだと思うと、少しむなしい気分がした。この先、おそらくファーストクラスに乗ることはないだろうから、逆に漫画喫茶に行ったら、「これ、ファーストクラスと同じくらいの広さなんだよなあ……」と思い返すことになるのだろうなと思った。

価値と価格について考える時、いつも思うことがある。例えば3000円で何か食べようと思った時、3000円の懐石料理のコースなんてのはおそらくそれなりだと思うけれど、一杯3000円のうどんとなれば、なかなかの高級品だろう。どちらを選ぶかと言われたら、後者を選ぶべきだと思う。

後者ならば当然、味も良いだろうし、食べた後も「この前、一杯3000円もするうどん食べてさあ……」なんて話もカジュアルにできて、費用対効果を考えたら十分に価値があると思うのだ。

その意味で考えると、往復で数百万円もするファーストクラスに乗って、その出費の元をとろうとしたら、「ファーストクラスに乗ったときさ……」なんて自慢話を向こう10年くらい毎日しないといけない気がする。「うわぁ、あいつまたあの話してるね……」と、後ろ指をさされるに違いないから、間違っても庶民は乗ってはいけない席なのだとあらためて思った。

味わいのない年寄り

樹木希林

『樹木希林120の遺言 死ぬときぐらい好きにさせてよ』

『樹木希林120の遺言 死ぬときぐらい好きにさせてよ』（宝島社）という本を手に取った。なんて簡潔な生き方を徹底された女性だろうとあらためて感服した。

読み進むうち、「昔もっとみんな歳をとった人たちがいい顔してたようなきがするんですよね。だけど、歳をとった人たちが、今〝アンチエイジング〟っていう、面白いことを言うようになって。顔を引っ張ったり、何かを入れたり、髪をなんかしたりして、『あたくし歳に見えないわぁ』とか、ってね。まぁ男でもそうだけど、そういう風にしていった結果、何にも味わいのない年寄りがふえたんじゃないかなぁって」というページで手が止まった。

私は40代になったばかりで、まだ自分の老いについてそこまで考えたことがなかった。でもこの文章を読んで、これは外見に限らず、内面も同じことが言えるのかもしれないなと、ふと思った。

私は仕事柄、若いアーティストと仕事をすることも多い。そのせいか、日頃から無意識のうちに自分の感覚を若く保とうとしているような気がする。今はそれがまったく苦ではないし、無意識でやっている以上、当分この調子で暮らすのだろうけれど、いつかは自分のセンスや感覚にも確かな老いが来たことを自覚する日が来るのかもしれない。

その時に自分で自分の心を無理やり若返らせようとせず、ジタバタしない人間でありたいなと思った。味わいのある立派な年寄りになりたいなと。そもそも、日々を生き生きと暮らすことと、日々を若さに固執して暮らすことは、似て非なるものなのだろうから。

COLUMN

04

言葉と流行語

数年前に日本エレキテル連合の「ダメよ～、ダメ、ダメ」という言葉が流行した。こういう言葉の流行はものすごく世の中の役に立っているような気がする。

というのも、誰かのお願いや誘いを断ったり、誰かの意見を否定したりすることは、相手が仕事関係ならなおさらだが、友達などの親しい間柄であっても、結構面倒なものすごく気を使う作業である。そこに「ダメよ～、ダメ、ダメ」という言葉が誰もが知る流行語になってくれると、この言葉を口にするだけでカジュアルに否定の意思を伝えられるようになる。言われた側も笑って受け取れるので、円滑なコミュニケーションを生み出す潤滑剤になっているように思うのだ。

流行語はその言葉の使い勝手のよさと密接な関係がある。普段の暮らしの中で、「そんなの関係ねえ！」と言いたくなる瞬間は意外と多いし、「なんでだろう〜」「ちょっと待って！　ちょっと待って！　（お兄さん！）」「今でしょ！」「どげんかせんといかん！」みたいな言葉も使いたくなるシチュエーションは多い。

気になるのは、こういった使い勝手のいい流行語がお笑い芸人から多く生まれている点である。「ちょっと待って」というフレーズは、8・6秒バズーカーがやる以前は、山口百恵さんの曲『プレイバックｐａｒｔ2』のフレーズとして有名だった。昔は世間には〝流行歌〟というものがちゃんとあって、その中から流行語も生まれたりもしていたのである。それがある時から、ミュージシャンはほとんど流行歌を作らなくなった。流行歌を作ることは格好悪いという風潮すらあったように思う。老若男女誰もが知っている歌が年々減少しているのは、そういう理由もあるかもしれない。

芸人の皆さんがキャッチーな音楽に乗せて「そんなの関係ねえ！」だの、「なんでだろう」だのと歌っているのを見ると、それって歌じゃん、歌でミュージシャンが負けちゃあダメじゃない？　もう少しミュージシャンも世の中で機能するフレーズを歌ってくれてもいいんじゃない？　と思ってしまう。いつの日か、また音楽から普通に流行語が生まれる日が来て欲しいものである。

私はときどき作詞の講義をやらせてもらうことがあるのだけれど、その中で今ここに書いたような〝音楽から流行語が生まれて欲しい〟という思いを話して、受講生の皆さんに日常生活の中で機能する、流行語になりそうなサビのワンフレーズを考えてもらうことがある。言うは易く行うは難しで、結構な難題だとは思うけれど、たまにものすごく秀逸なフレーズが出てくることがある。今でも脳に焼き付いて離れないのが、「人のせいにしていいですか？」というフレーズだ。

人のせいにするのは、言うまでもなくいけないことである。その許可を相手にたずねるというのが、耳新しくてまず素敵だ。そして、言葉としてキャッチーなだけでなく、このフレーズは使い勝手が無限にある。寝坊、遅刻、忘れ物、締め切りを守れない、など人は誰しも失敗をするものだ。そんな時、このフレーズが世の中で流行している歌のサビだったら、誰かが犯した小さなミスは、その歌を歌うことでちょっとだけポップに解決しそうな気がする。

流行語というものは「世の中を少しだけ暮らしやすくする」という側面を持っているような気がする。２０２０年に流行した、ぺこぱの「時を戻そう」というフレーズも、小さな失敗を前向きに誤魔化すことが出来る、魔法の言葉のひとつだと思う。

世の中のちょっとした暮らしにくさを解決してくれる言葉。きっと誰もがそれを無意識のうちに探している。

CHAPTER | 05

ドラえもん

星野源

11thシングル『ドラえもん』

星野源さんのニューシングルのタイトルが『ドラえもん』である。すごい。これはすごい。

私もこれまでにたくさんのドラマ・映画・アニメ・CMのタイアップ曲を書かせて頂いたけれども、そのものズバリの歌詞は書かせてもらったことがない。むしろ、レーベルサイドからのオーダーでいちばん多いのは「ストーリーに寄せすぎないでください」というものだったような気がする。

その意図をわざわざ確認したことはないけれど、おそらくアーティスト自身がこの先長く歌うことを考えると、ドラマなり映画なりの作品イメージを強く付けすぎたくない、ということなのだろうと思う。もちろん、その気持ちもよく分かるし、タイアップというのはそういうものだと思っていた。

そこへ来て、星野源さんのニューシングルが『ドラえもん』である。映画『ドラえもん のび太の宝島』の主題歌に〈ドラえもん〉とつけられる、星野源というアーティストの今の時代における無敵感、余裕、ある種のすごみのようなものを感じる。ちょっとした事件だなと思った。

長い歴史のある「ドラえもん」という作品をこれほどまで真正面から背負うのはかなり勇気が要ることだからだ。サビのパンチライン、「どどどどどどどどど　ドラえもん」というフレーズもシンプルかつキャッチーで素晴らしかった。

ホンビノス貝

貝が好きだ。はまぐりを炭火で焼きながら日本酒を飲む、なんて私にとっては最高のぜいたくである。

はまぐりによく似た貝で、ホンビノス貝という貝がある。外来種ではあるけれど、今は東京湾でも取れ、安価な割に美味で料理の用途も広い、とても優秀な貝である。でもやはり名前がよくないのか、どこか愛されていない感じがある。仮に「ホンビノス貝炭火焼」と書かれても全然おいしそうに見えないから、なんだか可哀想で仕方がない。貝好きの私としては、このホンビノス貝を日本になじむ表記に変えてみても良いと思う。

本マグロなんかに倣って、「本びのす貝」というのはどうだろう。いや、もう一歩踏み込んで「本緋乃洲貝」なんて当て字もいいかもしれない。ぐっと日本っぽさが出た。

それと同じように「バナメイエビ」もどうにかしてあげたい気がする。数年前の食材偽装問題で芝エビの替え玉として一躍有名になってしまったバナメイエビ。デビューの仕方が悪かったからか、いまいち愛されていない感じがある。こちらもどうにかしてあげたい。いかにも純和風に「花明海老」なんてどうだろう。

いや、どうだろうって、私はいったい誰に言っているのだろう。ははは。

ＳＰＡＲＫ　ＪＯＹ

近藤麻理恵

『人生がときめく片づけの魔法』

ベストセラー本『人生がときめく片づけの魔法』（サンマーク出版）の著者で、片づけコンサルタントの近藤麻理恵さん。その勢いは海を越え世界各地で片づけムーブメントを起こしている。

彼女の整頓術は、まず物を「ときめくか、ときめかないか」で仕分けるところから始まるのだけれど、いかんせん「ときめき」という言葉は英語に存在しない。それを彼女（とその通訳の女性）は「ＳＰＡＲＫ　ＪＯＹ」と訳した。英語圏の人にとって「ＳＰＡＲＫ　ＪＯＹ」という言葉は「〝楽しい〟という感覚が内側からふくらんでいく」みたいなイメージがあるのだそう。

我々がなんとなく使っている日本語の「ときめき」も、あらためて考えてみるとそういうものに違いないから、この「ＳＰＡＲＫ　ＪＯＹ」という造語がいかにうまい対訳であるかがわかる。この言葉の発明が彼女を海外での成功に導いたと言われるのも納得である。

日本のアイドルの歌には「ときめき」という言葉は頻出しているから、そのうちどこかのグループが「SPARK JOY」なんて歌を出すのかもしれないなと思う。あるいはビジネス英語を使いたがる大人たちなんかは、会議で「なんかさあ、この案にはSPARK JOYが足りないんだよねー」なんて言い出すのだろうなと思う。

なかなかうまく訳せない言葉は方言にもよくある。私の故郷・青森でいうと「いずい」なんかが代表的だと思う。服がキツくて動きにくいときも「いずい」、目にゴミが入っても「いずい」、体のどこかが痛くても「いずい」である。これを英語にしたら「SPARK PAIN（不快という感覚が内側でふくらんでいく）」みたいな感じなのかしら。

シャみだれキュー

中村獅童

中村獅童さんは、普段から読み間違いが多いらしく、「Ｗｉ－Ｆｉ」を「うぃーふぃー」と読んでいたそう。そして、「シャ乱Ｑ」は「シャみだれキュー」と読んでいたそう。衝撃である。

バンド名に限らず、それまでに世に存在しなかったオリジナルな造語をネーミングに用いると、往々にして、インパクトは出るけれどぱっと見では読みかたが分からずに人からなかなか呼んでもらえない、という事態に陥りがちである。

その点、「シャ乱Ｑ」は、誰もが聞いたことのない、まったくもって意味不明の言葉、違和感しかない超トリッキーな字面なのに、誰もが初見で「しゃらんきゅー」と読んでしまう、すごいネーミングだなあと思っていた。それなのに、である。「シャ乱Ｑ」を読み間違える人がいたとは。世の中に絶対なんてものはないんだなあ、としみじみ思った。

切りすぎた前髪　奈良美智の絵だ

日向坂46

『ソンナコトナイヨ』歌詞　作詞：秋元康

一般的に比喩表現というのは、わかりにくい事柄を身近なものにたとえてわかりやすくしたり、人物の心理や状況を詩的かつ映像的に表現したりするために用いるものである。

日向坂46の新曲『ソンナコトナイヨ』は、Aメロが「春の風がふいに吹いて　窓のカーテンを膨らませた　まるで君が拗ねた時の　ほっぺたみたいに」で始まる。カーテンが風で膨れる様子は誰もが一度は見たことがあるだろうから、聞いた瞬間に間違いなくその映像は想像できる。

一方の「君」のことはまったく知らないけれど、前述のカーテンが「君」が拗ねてほっぺたをふくらます感じを想像させる誘い水の役目をしているから、聞き手の頭の中には「君」という女の子の姿が自然と浮かび上がる。こんな風に、「君」は少しぶりっこなキャラクターなのかな、などと想像した時点で聞き手はその曲の中に自主的に参加している形になる。

ラブソングというのは、極端な言い方をすれば〝他人の恋バナ〟にすぎない。興味もないのに一方的に聞かされる赤の他人の恋バナは退屈に感じるものである。そのため、歌詞でもなるべく聞き手に興味を持ってもらえるように、仕掛けを作る必要がある。

つまり「カーテンが風で膨れる」や「拗ねてほっぺを膨らます」のような、聞き手が「こんな感じかな」と想像しやすいたとえを導入部に用いるのはとても意味のあることなのである。

しかしながら、いつまでも誰もがわかるようなことばかり書いていると当然、凡庸な歌詞になってしまうので、続くBメロでは、少し哲学的なことを書いてみようかとか、ドキッとすることを書いてみようかとか、作者はあれこれ手を考えるものである。

しかし、この曲は少し特殊で、Bメロでもたとえが続く。「切りすぎた前髪　奈良美智の絵だ」と「君」の髪形を表現するのである。そして、このたとえが絶妙だ。奈良美智と言われて、すぐにわからない人もたくさんいるだろう。でも調べたら誰もが「この絵のことか」となる、絶妙なワードなのである。

いわゆるデジタルネイティブ世代の若い子たちは何でもすぐ調べる。こうして歌詞の中に「調べる」という自主的な行動を持ち込むことで、さらに聞き手の参加意識は高まる。しかも画像を見たことで10人が10人、さっきまでまったく知らなかったはずの「君」の髪形を誤解することなく、その歌を聞くことになる。こうして、聞き手の頭の中の映像は作者の思惑の通りに、完璧にチューニングされてサビへと向かっていく。うまいなあと、思った。

イクジなし夫

なんとなくネットのニュースを読んでいて、「イクジなし夫」という文字に目が止まった。いかにもギャグ漫画に出てくるちょい役の弱虫キャラの名前みたいだなと思ってクリックしてみると、何のことはない、「イクジ＝育児」で「夫＝おっと」であった。すなわち「育児をしない夫」のことのようである。

何にでも名前をつけるなあ。これを思いついた人は、内心、にやっとしたんだろうなあと思った。そして、そういえば最近これに名前があればいいのにと思っていることがひとつあるんだよなあ、と思い出した。

それは何かと言うと、例えば自分が狭い路地を歩いていて、道の両サイドには電信柱が立っていて、前からは自転車が来ていて、そのさらに向こうからは自動車が来ていて、いざ皆がすれ違おうとした瞬間、運悪くというか何というか、電信柱と自分と自転車と自動車が横一列に重なって、全員が通れなくて、止まって譲り合う、というなんとも煩わしいこの現象。まだ名前のない現象だけれど、私の家の周りは細い路地が多いものだから、自分が歩いている時、自転車に乗っている時、自動車に乗っている時、どのケースでもかなりの頻度で出くわす。おそらく、皆がそのままの速度で進んでいたら重ならないのである。互いに意識をしすぎて、変に速度を調節した結果、全員が最悪のところで重なっているのである。

でも、元来、人間はそういう生き物なのかもしれない。好きになっちゃダメだと思うほどに不倫にはまっていくと聞くし、緊張しちゃダメだと思うほどに緊張してしまうものだし、笑ってはいけない場に行くと逆に笑ってしまう人もいる。なんだか、そんな風に人間の心理の根源の部分に由来する現象の一つなのかもしれないなあと思うのだけれど、これに誰かいい名前をつけてくれないかしら。

俺は俺と結婚しないもん

所ジョージ
『ホンマでっか!?TV』

『ホンマでっか!?TV』(フジテレビ　2018年3月14日放送)でのこと。「奥さんに〝俺がこういう価値観だ〟って言って押し付けて、奥さんもその価値観になったらもう、それは俺じゃん。俺は俺と結婚しないもん。俺と全然価値観違っている人と結婚したんだから」と、所さんが言っていた。

好みのタイプを問われたとき、多くの人は「価値観が一緒の人」と答えると思う。「価値観が違う人」とはなかなか答えないだろう。私も価値観が違うよりは同じほうが暮らしやすいだろうとは思う。

でも同時に、自分の価値観は一体いつ出来上がるのだろう？　とも思う。もうすでに出来上がっているとは到底思えないし、この先完全に出来上がることなんてあるのだろうか？　とさえ思う。

たぶん、価値観なんてものは移ろいやすいもので、日々刻々と変化しているような気がするのだ。そうでなければ、一度買おうかどうか迷った服を、2日後に買ったりしないはずだ。価値観が変わっていなければ、2日後も買うかどうかは「保留」だろう。

買うと決めたということは、おそらく、自分の中で何かが少し変わっているに違いない。そう考えると、自分の一時的な価値観を誰かに押し付けるなんて、何とも無意味で、むしろ申し訳ないことのようにも思えてくる。

おそらく、相手が誰であれ、長く一緒にいれば、互いに干渉しあって、価値観なんてものは互いに変わっていくものだと思う。大事なのは、価値観がどうこうなんて考えなくても一緒にいたいと思える関係で、もし知らないうちに相手の価値観がこちらに入り込んでいても気づきもしない、気づいたとしても嫌じゃない、そういう関係なのだと思った。

お部屋探ししかできないもんで

賃貸情報サイトminiminiテレビCM

株式会社ミニミニ

オフィス街のビルの屋上で缶コーヒーを飲みながら、先輩社員がミニミニマン扮する後輩に「どうしてあんなこと言っちゃうかなあ。もっと上手に世渡りしろって。お前って本当に不器用だな」と言う。するとミニミニマンは、うつむいたまま「お部屋探ししかできないもんで」とボソッと言う。

このCMを見て思った。何か失敗したときは真正面から謝るよりも、「○○しかできないもんで」と自分の得意なことを悔しそうに言う方が、もしかしたら結果的にその場はポジティブな着地になるのではないだろうか。例えば、仕事以外のことで何か失敗した時、大工が「家を作ることしかできないもんで……」、美容師が「髪を切ることしかできないもんで……」、魚屋が「魚のことしかわからないもんで……」。日本人は、どこか「不器用」を美徳とするところがある国民性なので、これは本当に使えるような気がする。

私もいつかどこかで失敗した時は「歌詞を書くことしかできないもんで……」と言ってみようかしらと思う。ところで、この「〇〇しかできないもんで」は、おそらく高倉健さんの名言「不器用ですから」に由来していると思うのだけれど、この言葉が2018年現在も皆の日常生活の中で普通に機能しているという息の長さが、あらためてすごいなと思う。ちなみに余談だけれど、改訂された『広辞苑　第七版』には「高倉健」という言葉が載ったのだそう。広辞苑って面白い。

何なん

藤井風

『何なんw』歌詞　作詞：藤井風

以前から鍵盤と歌のカバー曲動画をYouTubeにあげていて、そのアレンジ力や歌唱力が話題になっていた藤井風さん。今年になってリリースされた彼のオリジナルソングがまた素晴らしい。

表現力豊かな歌唱、大人っぽい楽曲、すこし脱力な歌詞のバランスがすてきだ。彼は岡山県出身なのだそうで、驚くことに歌詞が岡山弁で書かれている。

一人称は「僕」や「私」や「おれ」などではなく「ワシ」で、普通なら「どうしてなにも聞いてくれなかったのさ」などと書かれるだろうフレーズは「なんでなんも聞いてくれんかったたん」となり、同様に「あの時の涙は何だったんだよ」は「あの時の涙は何じゃったたん」となる。

歌詞が方言で書かれることは非常に稀である。やしきたかじんさんの『やっぱ好きやねん』のように関西弁で書かれることはあるにせよ、それ以外の方言となるとほとんどなく、仮にあったとしてもコミックソングのカテゴリーに入れられがちだ。

私は青森出身だが、青森の方言で書かれた曲といって思いつくのは吉幾三さんの『俺ら東京さ行ぐだ』くらいで、やはりイロモノ感が否めない。

とはいえ、岡山県で生活する若者が岡山県で感じた感情を歌にするのならば、岡山弁で書かれて当然である。標準語に直すだけで別モノになってしまう微妙なニュアンスの感情などもあるだろう。

よく「歌詞は自分の言葉で書かなくちゃいけない」なんてことを言う人がいるけれど、地方出身者にとって本当の意味で自分の言葉とは、方言なんだよなあ、というものすごく基本的なことに気づかされた。

彼の音楽を聴いて、岡山弁だから田舎くさいなんて思う人は誰もいないだろうと思う。むしろ、耳新しくて面白いし、人間性が垣間見えて好感が持てる、と感じる人の方が多いのではないだろうか。藤井風というアーティストは令和の日本の音楽界に風穴を開ける存在になる予感がする。

彼は『何なんw』の他に、『もうええわ』というすてきな曲もリリースしている。どちらの曲も、サビで印象的なメロディーにのせて「何なん」「もうええわ」と歌われているのだけれど、普段の暮らしの中で「何なん!」「もうええわ!」と感じる瞬間は多い。その度に彼の歌を口ずさんでしまう。

こんな汎用性の高いフレーズを見つけて、歌に出来るのもまた、彼の強みと言える。今後が楽しみである。

あした転機になあれ。

マイナビ転職CM

株式会社マイナビ

こんなにミニマムな言葉遊びがあったなんて。とてもすてきなコピーだけれど、最初に見た瞬間は、ちょっと人任せな感じがしないでもないとも思った。でも、よく考えてみると〝転機〟というのは不思議なもので、「よっしゃ、明日こそがおれの転機だ！絶対にこのチャンスをモノにしてみせるぜ！」なんて具合に、やたらと鼻息を荒げている人ほど、なんだか失敗しそうな気がしてしまうものである。

おそらく〝転機〟というのは、「いま思えばあの時のあの決断がおれの転機だったなあ」というように、振り返って初めて気づくものなのだと思う。だから、今日の決断や出会いについて本人が現時点で思う感情としては、「これが転機になるのかもしれないなあ」くらいが適当である。このコピーは、そういう微妙なニュアンスさえも上手く言い当てている感じがしていい。

ふと、私の最近の転機は何だったろうと考えた。もしかしたらテレビに出演するようになったことかもしれない。本書を読んで下さっている人の中にも、『関ジャム 完全燃SHOW』という番組で私のことを知った人が多いと思う。私は人前に出ることが今でも苦手なのだけれど、テレビに出て作詞の少し違った楽しみ方や面白さを紹介することで、歌詞を入り口に音楽を好きになる人が増えたり、あるいはいま音楽を作っていて作詞で悩んでいる人にとっては少しの技術的なアドバイスになれば、という思いで出演している。

基本的には誰かの優れた歌詞を解説することがほとんどなので、必然的に画面に映る私は、いつも誰かの作品を褒めている姿ばかりになる。普段はどちらかというと口が悪い方だった私にとって、多くの人が私を「褒める人」として見ているのは、大きな転機になった。

何かを悪く言うことが上手い人よりも、何かをしっかりと褒めることができる人の方が何倍もすてきなのだと、ふと気がついて、それ以来、自分の言動も少しずつ変わり始めた。思えばこの連載もどこかで目や耳にした誰かの言葉を集めて褒めているだけである。数年前ならこのような連載をしている自分なんて想像もできなかった。やはり転機というものは通り過ぎてから気付くものなのだろう。

交番の前でも同じことをできるのか

ずん　飯尾和樹

ずんの飯尾さんが、インターネットの記事でいじめについてのインタビューを受けていて、その中で「〝いじめ〟と〝いじり〟の違い」について聞かれたとき、「結局、交番の前やその人の家族の前でも同じことをできるのか、って話ですよね。僕らはテレビと同じようにいじることができます。一方で、学校でいじめているような人らは、どうせ同じことできないだろうって感じ」と話していた。たしかに、と思った。〝いじめ〟と〝いじり〟の境界線についてかなり明確な線引きを聞いたような気がした。

これまでも〝いじめ〟と〝いじり〟の違いについて、「そこに愛や信頼関係があるかどうか」みたいな話はよく耳にした。でも、一見的を射ているようでいて結局、愛とは何か、信頼の考え方は人それぞれ、みたいな話になってしまって、どうもぼんやりしてしまう。その点、「交番の前でもできるか」というのはなんとも明快である。

もしかしたら、別に学校でのことなんだから、交番じゃなくても「先生の前でも同じことをできるか」というのと一緒なのでは、と思う人も中にはいるかもしれないけれど、それはたぶん少し違うと思う。先生は、目の前で行われていることがたとえ〝いじり〟であったとしても、その行為や発している言葉が行儀が悪ければ、たぶん普通に怒るのだ。だから「先生」による裁きだけでは、〝いじり〟と〝いじめ〟の境界線はむしろあやふやになるような気がするのだ。

難しいのはこの線引きが分かったからといって、直接のいじめの解決策にはならないという点だけれど、それでも多くの人が〝いじり〟と〝いじめ〟の線引きについて考えるきっかけを投げかけるだけでも、こういう記事の存在は大変意味がある気がした。

しあわせ〜

天然とんこつラーメン一蘭

一蘭の入店時の店員の挨拶

隣の席との間に独特なついたてのあるストイックな座席で有名な人気ラーメン店一蘭。

その一部の店舗では、店員が、入店して来たお客さんに「いらっしゃいませ〜」ではなく「しあわせ〜」と言っているのだという。空耳的には「いらっしゃいませ」と聞こえるけれど、実はお客様のしあわせを願って「しあわせ〜」と言っているらしい。

私はこれまで「しあわせ〜」というセリフは、おいしいものを食べた時や、恋人の腕に抱かれた時や、長年の夢がかなった時などに、誰かに向けてというよりは自分から自分へ向けて、口から自然にこぼれる言葉だと思っていた。しかし、日本語の使い方は日々変化する。今ではお客さんのしあわせを願うときにも「しあわせ〜」と言うらしい。いやはや、考えるほど不思議な使い方に感じるのだけれど、〝感情にまつわる名詞を大声で言う〟という意味では、一昔前にはやったゴリエの「よろこび〜」なんかと同じ仲間なのだと思って、ぐっと飲み込んだ。

ノリカ、A

UQモバイルCM

飲食店のレジで「A」「B」どちらのセットメニューにするかを選んでいる藤原紀香さんが「ノリカ、A」とオーダーするCM。つまりは「乗り換え」のダジャレである。このダジャレがどう、という話ではない。見ていて、これって「ノリカ」という名前であれば誰でも成立するCMだなと、ふと思ったのだ。そして、そのすぐ後に、この世は「ノリカ＝藤原紀香」であると気づいたのである。

「ノリカ」という名の有名人が彼女の他に思いつかないのだ。でも、「ノリカ」という名前は決して珍しい名前でもないし、実際私の知り合いにもいる。こんなにも一般的な名前のイメージを、ひとりの有名人が独占しているなんてケースは少ないのではないだろうか。例えば私は「ジュンジ」という名前だが、当然、芸能界にも「稲川」と「高田」の二大巨頭、偉大な先輩方がいらっしゃる。もし名前に独占禁止法があったら藤原紀香さんはそれに違反している。それくらいに、彼女はノリカの中のノリカなのだと思った。

風と一緒に移動しているんだ。

『1億人の大質問!? 笑ってコラえて!』出演者のセリフ

『1億人の大質問!? 笑ってコラえて!』

サハラ砂漠で気球に乗って美しい朝日を見ながら朝食を食べるという洒落(しゃれ)たツアーの様子が紹介されていた。サプライズのプロポーズに利用するカップルも多いという。上空500メートルに浮かぶゴンドラにはテーブルが置かれ、そこにグラスに入った飲み物やパンやらサラダやら食べ物が当たり前のように並べられている。揺れるわ、風で飛ばされるわで、さぞかし食べにくいのではないかしらと思いきや、ガイドの男性は「気球というのは風と一緒に移動しているんだ。だから風もないし静かなんだ」と言う。

それを聞いて、ハッとした。なるほど。思えば私たちは、常に風を浴びて暮らしている。風より速く動いても、風に逆らってただその場に立っていたとしても、体は風を感じる。風と同じ方向に、同じ速度で動けば、体感としては無風になる。この番組を見て以来、今まで一度も気にしたことなどなかった、あの「気球」という超マイナーな乗り物に一度乗ってみたくて仕方がない。

なぜこんなに滑るんだ〜！

花王のトイレマジックリン「ツヤツヤコートプラス」CM

花王株式会社

トイレの汚れに扮した照英さんが「なぜこんなに滑るんだ〜！」と絶叫しながら便器から滑り落ちていくＣＭ。国語辞典で「汚れ役」という言葉を引いてみると、「映画・演劇で世間から好ましく思われない人物やうらぶれた者などを演ずる役柄」（『大辞林第三版』）とある。会社のような組織の中で仕事をする場合にも「汚れ役」という役回りが必要なときもあるだろう。だが、彼はこのＣＭで本当の意味の「汚れ役」を演じている。そして、「すべる・落ちる」という言葉がもっとも忌み嫌われる受験シーズンに、このＣＭがばんばん流れているという意味でも、世の「汚れ役」を引き受けている。がんばれ、照英さん。しがみつけ〜！

また恋が出来る

岸谷香

『また恋ができる』タイトル　作詞：木村ウニ

友人の失恋話を聞いていた岸谷さんが「いいなあ、また恋が出来るじゃん！」と励ましたのを、その場に同席していた作詞家の木村ウニさんがすてきに思って歌詞にした曲なのだそう。とてもいい言葉だなと思った。

悩みが長引く原因は「物事を同じ方向から見続ける」からであることが多い。〝失恋〟という状態と〝いつでも新しい恋が出来る〟という状態は完全にイコールなのに、落ち込んでいるとその発想の転換が困難になりがちだ。

そういえば、以前どこかで〝人は最初に好きになった部分を嫌いになりやすい〟という話を聞いたことがある。例えば、初めは相手の「明るくて社交的なところがいい」と思っていたのに、そこが「浮気性だ」と感じるようになったり、「マメなところがいい」と思っていたのに「束縛がキツイ」と感じるようになったり、という風に。

どちらも同じ状態なのに、恋に浮かれた気分か、冷静かの違いで、いとも簡単に長所は短所に変わる。その逆もまたしかりで、「第一印象は超最悪だと思っていたのになぜか結婚した」という話もよく聞く。人間なんて結局は気分まかせの生き物なのだ。

だからこそ、「また恋が出来る」みたいな、さっきまでのガチガチだった固定観念をじわっと溶かしてくれるような一言は大切で、世界をちょっとだけ明るく変えてくれる気がする。

ほぼ○○

「ウルトラギガモンスターほぼデータ使い放題」CM

ソフトバンク

ソフトバンクの「ウルトラギガモンスターほぼデータ使い放題」のCM。タクシーに乗って行き先を告げると運転手が真面目な顔で「ほぼ、安全運転で参ります」と言い、洋服の試着室から出てくると店員が笑顔で「お似合いです、ほぼ」と言う。

なるほど、その視点で昨日の自分の行動を振り返ってみると、「ほぼ友達と、ほぼおいしいご飯を食べ、ほぼ楽しい話をし、ほぼ時間通りに来たほぼ安全運転の終電に乗って、ほぼまっすぐ家に帰り、風呂に入ってほぼきれいになって、ほぼぐっすり寝た」と言えなくもない。この世は〝ほぼ〟で出来ているのかもしれない。完璧や絶対なんて存在しないのだから、当然といえば当然なのだけれど、私たちはそれを忘れがちだし、むしろ何かにつけて絶対や完璧を求めたり、目指したりしがちだ。

そう考えると「どこまでが〝ほぼ〟の範疇（はんちゅう）か」がその人の性格を決めていると言っても過言ではない気さえして来る。嫁が〝ほぼ〟きれいに掃除した部屋を姑が無言でもう一度掃除し直すなんて家は息苦しいだろうし、夫が〝ほぼ〟値段相応だと思った買い物をいつも妻が高いだの〝ほぼ〟無駄遣いだのと文句を言っているような夫婦もけんかが絶えないだろう。

つまり、人間関係においていちばん大事なのは「お互いの〝ほぼ〟の程度の合致」なのだと思う。気が合うというのはつまりそういうことなのではないかと私は、ほぼ、ほぼほぼ、思うのだけれど、どうでしょう。

兄が罪人でした

オードリー　春日俊彰
『水曜日のダウンタウン』

『水曜日のダウンタウン』（TBS　2018年4月25日放送）で、〝「ありがとうございました」は「あ」と「た」さえ合っていれば間は何でもいける説〟を検証していた。春日さんが「親戚の子がサインを欲しがっている」と言って先輩芸人にサインをもらい、別れ際にお礼を言う。最初は「アリゲーターいました」で成功。その後、「兄が罪人でした」「アバラ折れました」「あのオモロー山下」でも成功。「アバター」でも「あの鐘を鳴らすのはあなた」でも成功した。

自分でもこれを試してみたいのだけれど、感謝の気持ちを悪ふざけで濁すというのが何とも心苦しい。なので、日頃から周りの皆と「ありがとうございました」は別の言葉で言ってもいい、というコンセンサスをとっておくと、面白いゲームになる気がする。例えば何か後輩を手伝ってあげた後、「先輩、味が濃いめでした」「ダウト！　今なんつった!?」みたいな。ひと笑い起きて、ちょっと職場の雰囲気もよくなる気が。

松本　動きます。

松本人志

誰もが自分の勤めている会社の内情より、吉本興業の内情について詳しくなってしまうのではないかしらと思うくらい、吉本興業関連の報道が続いていた。私はそれほど興味はないのだけれど、いつか松本人志さんがツイートした「松本　動きます」という言葉には大変興味を持った。

この「〇〇、動きます」という言葉に、自分の名字を入れて実際に声に出してみると、妙に面白い。「アムロ、行きます」の比じゃない、というか。最近は、これを無理やり毎日の生活の中で使ってみている。

例えば、頼まれごとの「了解です」の返事の代わりに「〇〇、動きます」のように。待ち合わせ場所に「今から向かいます」の言葉の代わりに、飲み会の店を探す時のグループＬＩＮＥへの書き込みに。そんな風に、結構、いろんなことが「〇〇、動きます」へ変更可能であることに気づかされる。

いや、だからどう、ということもないのだけれど、旬が短そうな言葉なので、何かにつけて使ってみている今日この頃である。

神様からいただいたものは自信にならない

高嶋ちさ子

『有田哲平と高嶋ちさ子の人生イロイロ超会議』

『有田哲平と高嶋ちさ子の人生イロイロ超会議』（TBS　2020年2月17日放送）でのこと。「その美貌(びぼう)があればそこまで努力しなくても玉のこしにのれたはずなのに、なぜ頑張ってバイオリニストになったのですか」と尋ねられた高嶋さんが、「神様からいただいたものは自分の自信にはならないとずっと思ってた」と平然と答えた。自分で頑張って身につけたものしか自信にはならないって親から教えられて来たのだという。

「天才」という言葉を「努力の要らない人」という意味だと思っている人は結構多い気がする。でも、実際は努力をしていない天才などこの世に一人もいない。もちろん神様からもらった才能は初めから人より少し多くあったかも知れない。でも、それを高いレベルで磨き上げたからこそ「天才」とまで呼ばれるレベルに達したのだ。

もしも神様からもらった才能だけにあぐらをかいていたら、誰であれ「自信」なんて持つことは永遠に出来ないに違いない。大切なのは誰よりも努力して手に入れたものが自分にはあると思えるかどうかで、それこそが「自信」と呼ぶものの正体である。

新生活が始まるこの季節。慣れない新しい環境の中で、自信を失ってしまう人もいるかもしれない。高嶋さんのこの言葉は、本当の「自信」とはいったい何なのか、どうすれば手に入るものなのかについて考える時、とてもいいヒントになる気がした。

ドキドキドキ

ジャルジャル
『キングオブコント2019』

『キングオブコント2019』（TBS　2019年9月21日放送）でジャルジャルがネタ終わりにインタビューを受けていたとき「ドキドキドキしています」と言った。何だろう、この奇数回のオノマトペの耳新しさは。すごく耳に残る。

ぱくぱくぱく食べる。なんだか、ものすごく腹が減っている感じがする。ピカピカピカに掃除する。ものすごくきれい好きな感じがする。わくわくわくしてる。ものすごく楽しみにしている感じがする。あの人、ギラギラギラしてる。ものすごくモテたそうな感じがする。

でも、これがさらに1回増えて「ドキドキドキドキしてる」みたいに偶数回に戻るとまた普通に聞こえてしまうから不思議だ。回数が多いほど強調の意味が強まるわけではなく、あくまで奇数回の不安定さがいいのだろう。

よし。これからは何かを強調したいときにはがんがんがん3回繰り返してみよう。でも、そんなことばかり繰り返していると、周りからどんどんどんどん変な人だと思われて、だんだんだんだん友達が減るかもしれないけれど、ぜんぜんぜんぜん気にしないんだ。あ、〝ぜんぜん〟は、オノマトペじゃないか。まあ、そんな、ちっちゃいことは気にするな、わかちこわかちこわかちこわかちこ。

君がいる限りこの世界は素晴らしい

高橋優

『ルポルタージュ』歌詞　作詞：高橋優

高橋優さんはやさしい歌と激しい歌がまったく並列で同居している珍しいタイプのシンガーだと思う。この『ルポルタージュ』という曲も彼の両極性というか、奇麗な心で汚い言葉を書いている感じがしてすてきだ。

冒頭のフレーズは1サビの最終行の歌詞。Aメロ、Bメロ、サビと来て、セオリー的にはこの曲のメッセージが集約されてしかるべき箇所である。だが、このフレーズに至るまで、歌詞中には一度も「君」が出て来ない。イントロが鳴り始めてから、時間にして実に1分48秒間、徹底的に「僕」目線で世の中に対する不満ややるせなさをぶちまけて、ものすごい筆圧で世の中をポジティブにディスっている。そして突然、1コーラスが終わる瞬間、ものすごい語気で「君がいる限りこの世界は素晴らしい！」と断言するのである。

これは、とても斬新な手法である。有名な怖い話に、オチで突然「お前だー！」と話し手が聞き手を指差して叫ぶ、というのがあるけれど、この歌にはそれと似た匂いがある気がする。

「えっ！　俺っすか？」「マジっすか？」「俺がいるからこの世界は素晴らしいんすか？」という、うれしいサプライズが潜んでいる気がするのだ。

許可をもらうより
謝って許してもらう方が常に簡単です

バンクシー

過去にバンクシーが、ある小学校にグラフィティを残した時、彼からと思われる手紙が残されていたことがある。そこには「手紙をくれたこと、そして建物に私の名前をつけてくれてありがとう。壁画をどうぞ。気に入らなければ自由に描き加えてください。先生たちはきっと気にしないはずです。そして、覚えておいてください。許可をもらうより謝って許してもらう方が常に簡単です。愛を込めて。バンクシー」と書かれていたのだという。

彼がストリートでグラフィティを描くのは今も犯罪行為に変わりはないけれど、建物の所有者によって保護されているケースが多く、それはつまり「バンクシーだから許されている」という状況であるといえる。

ここで大事なのは「ではなぜバンクシーなら許されるのか」ということである。もちろん、彼の作品には高値がつくから、という見方もあるかもしれないが、まだ無名だった頃の彼の作品については、その理由だけでは説明がつかない。彼の高い芸術性に加えて、人間力や行動力みたいなものが人の心を惹きつけるから、という理由が大きいだろうと思う。その意味で、前述の手紙の言葉は、彼からの「君たちも謝った時に許してもらえる人間になりなさい」というメッセージのようにも思える。

もしもいつか自分の中の正義に従って行動した結果、誰かに謝ることになった時、相手から「謝って済んだら警察はいらねえんだよ！」などと怒られることがあるかもしれない。でも、その正義が間違っていないことが相手に伝われば、きっと許してもらえるはずである。

テレビを見ていても、大御所に失礼な口を利いてもなぜか許される、みたいな人が時々いる。そういう人はいつもきらきらしているものだ。人は誰しも失敗する。その失敗を周りに許してもらえるかどうかは、その人におけるとても大切な何かのバロメーターになっているような気がする。

人はなぜ歌うのか？

『THE MUSIC DAY 2020』テーマ

『THE MUSIC DAY』

2020年9月12日に日本テレビで8時間にわたって放送された生放送音楽番組『THE MUSIC DAY』。今年のテーマは「人はなぜ歌うのか？」だった。

たしかに、作詞家をしている私にとって「人はなぜ言葉をメロディーに乗せるのか？」は永遠のテーマと言ってもいい。何か言いたいことがあったとして、なぜそれをしゃべったり文章に表したりするのではなく、わざわざメロディーに乗せるのだろう、という疑問が湧いてくるのである。もちろん、音楽に乗せた方がたくさんの人に届く感じは何となくするけれど、考え出すときりがない。

日本人でいわゆる「サル　ゴリラ　チンパンジー」の歌を口ずさんだことのない人はいないだろうと思う。この曲はケネス・ジョゼフ・アルフォードという音楽家が1914年に作った『ボギー大佐』という曲で、日本語歌詞も存在するのだが、この曲はなぜか、いつ誰が歌い始めたのかも分からない「サル　ゴリラ　チンパンジー」という意味のない替え歌の方が圧倒的に有名である。

この替え歌はすごい。聴いた瞬間にこのメロディーにはこの言葉しかないと思わせる完璧な語呂のフィット感と、霊長類三連発という縦軸のしっかりした脱力ワードのキャッチーさ。誰もが一度聴いたら頭から離れず、聴いてしまったら最後、絶対に口ずさんでしまう。私は「人はなぜ歌うのか？」の答えは、実はこういう歌の中にあるのではないかと思っている。

おそらく、人は元来、「歌を歌いたい生き物」なのではないかと思うのだ。祖先たちの暮らしをどんなにさかのぼっても、そこには必ず儀式や祭りがあって、歌がある。歌を歌う時、歌詞があった方がメロディーを覚えやすいし、皆で歌いやすい。ならば、その歌詞にメッセージや意味があったらなおさらいい。本来の順序はそういうことだったのではないかと思う。

でも、いま私たちが歌を作ろうとすると、当然のように〝何を歌うか〟みたいなことを最初に考えてしまう。過去の名曲にはメッセージ性のある曲が多いから、そういう歌詞でないとたくさんの人に聴いてもらえないと思い込んでいるのかもしれない。でも、「サル　ゴリラ　チンパンジー」のように、まったく意味がなくてもメロディーと言葉がキャッチーにはまってさえいれば、たぶん人はそれを覚えて、歌うのだ。

もし「サル　ゴリラ　チンパンジー」の歌詞が「ゾウ　ウサギ　チンパンジー」だったら、誰も歌わなかっただろう。動物という縦軸だけでは弱すぎる。「もう　きみはいーなーいー」みたいな歌詞でも、誰も歌わなかっただろう。失恋の感傷という要素がそもそもこの軽やかなメロディーを邪魔している。

ひねりすぎると覚えてもらえない、ひねらなすぎても聴いてもらえない。そんな難しい温度感の中でミュージシャンたちは今日ももがいている。

CHAPTER | 03

CHAPTER | 04

初出

本書は、朝日新聞デジタル「&M」連載の「いしわたり淳治のWORD HUNT」(2017年11月～2020年9月掲載分）に加筆、修正を行い、新たに書下ろしコラムを加えたものです。

初出年月は以下になります。

CHAPTER | 01

君のドルチェ&ガッバーナのその香水のせいだよ —— 2020年8月
日によります —— 2019年5月
時間帯 —— 2018年6月
ロックンロール! —— 2019年5月
アイスティー好きなんですけど —— 2018年6月
ギガ放題 —— 2018年10月
チャプター飛ばしたいわー —— 2019年1月
ETCカードが挿入されていません —— 2020年4月
あ～もう!　笑ってほしい —— 2020年9月
嫉妬されるべき人生 —— 2018年8月
どんなものを食べているか言ってごらん。君がどんな人間か当ててみせよう —— 2019年9月
アゴが外れるほど怖い —— 2019年11月
今日何してなごむ? —— 2020年6月
だいじょうぶだぁ —— 2020年4月
どれが卵の味かわからない。 —— 2019年11月
兵、走る —— 2019年10月
気だるい味 —— 2019年3月
出勤してえらい! —— 2019年6月
これからはじめてユーミンを聴ける幸せな人たちへ。 —— 2018年10月
今日から俺は!! —— 2020年7月
新幹線投げればいいじゃん —— 2020年8月
肉肉しい —— 2019年12月
天使が通る —— 2017年11月

CHAPTER | 02

かわE 越して かわF やんけ! —— 2019年1月
「×」はやべえ —— 2018年9月
老いるショック —— 2018年5月
燃やすしかないゴミ —— 2018年6月
金足農 —— 2018年9月
おにごっこ —— 2018年12月
愛にできることはまだあるかい —— 2019年8月
ハマチの刺し身 —— 2018年5月
でも過去は過ぎたことです! —— 2019年1月
2時間くらいは残像が働いてくれる —— 2019年11月
おしぼりください —— 2019年10月
ふざけたキミのくちびる青し —— 2018年10月

いしわたり淳治

（いしわたり・じゅんじ）


1977年生まれ。青森県出身。作詞家・音楽プロデューサー・作家。

1997年にロックバンドSUPERCARのメンバーとしてデビューし、オリジナルアルバム7枚、シングル15枚を発表。そのすべての作詞を担当する。

2005年のバンド解散後は、作詞家として、Superfly『愛をこめて花束を』、Little Glee Monster『世界はあなたに笑いかけている』他、SMAP、関ジャニ∞、矢沢永吉、布袋寅泰、今井美樹、JUJU、少女時代、SHINee、EXO、大原櫻子、中島美嘉など、音楽プロデューサーとして、チャットモンチー、9mm Parabellum Bullet、flumpool、ねごと、NICO Touches the Walls、GLIM SPANKYなど、ジャンルを問わず数多くのアーティストを手掛ける。現在までに600曲以上の楽曲制作に携わり、数々の映画、ドラマ、アニメの主題歌も制作している。

2017年には映画『SING／シング』の日本語歌詞監修を行い、国内外から高い評価を得る。

音楽活動のかたわら、映画・音楽雑誌等での執筆活動も行っている。

著書の短編小説集『うれしい悲鳴をあげてくれ』（ちくま文庫）は20万部を発行。ほかに小説集『次の突き当たりをまっすぐ』（筑摩書房）がある。

ソニー・ミュージックエンタテインメントRED所属。

言葉にできない想いは本当にあるのか

2020年12月10日　初版第1刷発行

著者　いしわたり淳治

発行者　喜入冬子
発行所　株式会社筑摩書房
東京都台東区蔵前2-5-3
〒111-8755
☎03-5687-2601（代表）

印刷・製本　三松堂印刷株式会社

ISBN978-4-480-81560-6　C0095